Forvalteren på Lindenborg

Andre klassikere udgivet ved Poul Erik Kristensen:

Jeppe Aakjær:

Fra min bitte-tid (erindringer). 2016.

Drengeår og knøsekår (erindringer). 2016.

Hedevandringer (kultur- og naturbeskrivelse). 2016.

Vredens børn (roman). 2016.

Bondens søn (roman). 2016.

Arbejdets glæde (roman). 2016.

Vadmelsfolk (noveller). 2016.

Johan Skjoldborg:

En stridsmand (roman). 2017.

Gyldholm (roman). 2017.

Per Holt (roman). 2017.

Henrik Pontoppidan:

Isbjørnen (roman). 2017.

Alexander Rasmussen

Forvalteren på Lindenborg

Forlag: BoD – Books on Demand, København, Danmark
Tryk: BoD – Books on Demand, Norderstedt, Tyskland
ISBN 978-87-7188-492-0

Forord

Alexander Rasmussen var bondesøn fra Granslev ved Langaa, født 1868 og cand. theol. i 1892. I 1894 blev han sognepræst i Sdr. Kongerslev, Nr. Kongerslev og Komdrup Pastorat og fortsatte som sådan, indtil han i 1929 måtte holde af helbredsmæssige årsager. 1925-1928 var han tillige provst for Hellum og Hindsted Herreder.

I sin fritid skrev han en lang række historiske værker, og når hans navn stadig kendes af mange, skyldes det først og fremmest hans mange bidrag til Østhimmerlands lokalhistorie. Selv blandt faghistorikere nød han stor anerkendelse for sine forskningsmæssige evner. Desuden var han dygtig til at formidle sine forskningsresultater på skrift.

Alexander Rasmussen døde i 1932, men året forinden viste han nye sider af sit talent i form af en historisk roman, Forvalteren på Lindenborg, som blev udgivet af Aalborg Stiftstidendes Forlag. Det er bestemt en læseværdig bog, og den holder sig nær til de historiske fakta.

Jeg fik i 1985 Aalborg Stiftstidendes tilladelse til at genudgive bogen i et fotografisk optryk, og nu er det så på tide at prøve igen. Nærværende udgave holder sig selvfølgelig nøje til den oprindelige tekst, men denne gang er nutidens stavemåde benyttet. Det er en historisk roman, men den er bestemt ikke forældet.

Poul Erik Kristensen

1

Den største og bedste gæstgivergård i Aalborg i sidste halvdel af l700erne var uden tvivl vinhandler Peder Haarboes. Flere forskellige forhold bidrog til at give den forrangen. Dens beliggenhed var for det første overordentlig heldig: midt på Bispensgade, i byens livligste forretningskvarter, let tilgængelig for færdselen både fra det vidtstrakte sydlige opland, fra havnen og fra limfjordsfærgerne. På dens efter aalborgske forhold store gårdsplads kunne der rummes talrige vogne, og i de omgivende staldbygninger kunne der, hvis det kneb, opstaldes over 100 heste. Da værten ved siden af gæstgiveriet tillige drev vinhandel, var han i stand til fra sine velforsynede kældere at hente drikkevarer op, som kunne tilfredsstille selv de fineste kendere, og maden fra hans dygtige hustrus køkken stod på ingen måde tilbage for vinen.

Det ene med det andet skulle jo nok trække folk til huse; men det bedste af det hele var dog, at både vært og værtinde besad evnen til at gøre alt hjemligt og hyggeligt for deres gæster, så at disse - og det var så godt som alle, der ragede op over bondestanden både i Vendsyssel og Himmerland: godsejere, forpagtere, præster og fogeder, - efterhånden kom til at danne ikke blot et antal kunder, men en kreds af oprigtige venner.

En smuk, klar septemberdag i året 1769, midt på eftermiddagen, sad der i Haarboes inderste gæstestue, som var særlig bestemt for de fineste besøgende, en yngre mand, som netop havde ladet sig bringe en flaske vin; den slanke rhinskvinsflaske og den grønne rømer (vinglas) stod foran ham på det gule birketræs klapbord. Værten, som personlig havde bragt vinen, hjalp ham imødekommende og artigt med at få tændt en af de lange, hollandske kridtpiber, som han havde taget af en kurv, der fyldt som et kogger stod i et hjørne til gæsternes disposition, og som han havde stoppet af en glaseret lerkrukke på klapbordet. Den stærke septembersol brød ind i stuen gennem de blysprossede, små ruder, skar sig vej igennem det ikke helt klare glas, gnistrede i strandsandet, hvormed det snehvidt skurede gulv var strøet, og strålede på væggenes lyserødt farvede panel, der var stafferet med smalle, blå, påtrykte mønstre. I al sin enkelthed så hele stuen fin og nobel ud.

Men det samme kunne man også gerne sige om gæsten. Det var en mand på omtrent 30 år, middelhøj og slank, temmelig mørkladen. Det ret svære ansigt med en stærkt fremadbuet profil var sjældent i ro; de næsten sorte øjne spillede af liv; trækkene var endnu ubearbejdede både indefra og udefra, og var derfor så friske, glatte og uhærgede. Han var soigneret og velklædt; det svære, tilbagestrøgne hår var samlet i en kort fletning, der afsluttedes med en blå sløjfe; han bar en tobaksbrun frakke af fint klæde, som uden opslag og krave sluttede stramt om hals og skuldre, en gul, rødblomstret silkevest med en lille jabot (brystdug med kniplinger) samt hjorteskindsbukser og lange, blanke ridestøvler.

Det var den nylig ansatte godsforvalter på baroniet Lindenborg, seigneur Johan Anton Grabhorn, som efter at have besørget sine købstadærinder her tog sig en lille forfriskning før hjemrejsen. Han bad værten hente endnu en rømer og drikke et glas med, hvilket øjensynlig fornøjede seigneur Haarboe overordentlig; han satte sig dog ikke ned men tømte rømeren stående; imidlertid afventede han nu tydelig nok en passiar med sin gæst, umådedelig nysgerrig som han var, - hvad vel for øvrigt hans livsstilling førte med sig - håbede han at kunne pumpe en hel del nyt ud af den unge mand, som jo lod til at være både jævn og indladende. Den forrige godsforvalter, hr. Lang, havde været en af hans stamgæster, og han havde nok lyst til også fremdeles at kunne følge forholdenes udvikling derude på Lindenborg.

”Jeg læste i går, min højtbydende hr. forvalter, i de ”Nyttige og Fornøyelige Jydske Efterretninger” om Deres høje herre, hr. gehejmeråd, baron von Schimmelmanns, fremdeles store fortjenester af det almindelige.” Med disse ord trak værten en avis op af lommen, udfoldede den, - formatet var oktav, kun som et katekismusblad - og viste gæsten det pågældende stykke, hvor dennes herre, skatmester Schimmelmanns navn var nævnt.

”Hvor lykkelig må ikke den konge kaldes - vedblev den begejstrede vært, - som har sådanne mænd i sin tjeneste, og så er hans excellence dog med alle sine store egenskaber og kvaliteter så huldsalig som få, hvad også jeg i al beskedenhed kan tale med om, som i fjor ved hans excellences besøg på sit baroni havde den høje ære at opvarte ham med en ringe forfriskning, for øvrigt en udsøgt Assmannshäuser af fin årgang, - her i denne samme stue! Jeg tør håbe, at hans høje excellence med hele kære familie er ved godt befindende?”

Grabhorn miskendte ikke den godmodige og velvillige mand med al hans snaksomhed; men da han ikke ønskede nogen yderligere udspørgen, skænkede han resten af rhinskvinen i begge rømerne og svarede i al venlig korthed:

”Som det er min herre bekendt, fulgte hans excellence i fjor vor allernådigste konge på højstsammes store og gloriøse udenlandsrejse og kom ved forsynets nåde og sin egen gode konstitution hjem igen ganske i sin fulde kraft. Hans excellences betroede mand, hr. justitsråd Gondolatzsch, meddelte mig i sin sidste skrivelse de lyseste og glædeligste efterretninger om hele den høje families velbefindende. - Lad os tømme vort glas for det samme i fremtiden!”

Grabhorn rejste sig; med stor højtidelighed tømte de rømerne og stod en stund i ærbødig tavshed.

Derpå brækkede Grabhorn sin kridtpibe i stykker, kastede stumperne i en kurv, betalte sin fortæring og bad værten, om staldkarlen måtte føre hans hest frem.

Medens forvalteren med en tililende tjenestepiges hjælp iførte sig en ridefrakke af groft, ufarvet lærred, kom karlen med hesten. Det var en hannoveraner, et højtforædlet, stort blankbrunt 3 års dyr, som baronen sammen med nogle andre havde ladet føre til Lindenborg fra sit gods Ahrensburg i Holsten, og som Grabhorn havde udvalgt sig til ridehest, hvad for øvrigt havde sat ondt blod hos Detlef Bock, avlsforvalteren, som selv ville have haft den.

Det dejlige, velplejede spejlblanke dyr stod nu for trappen, skrabende med sine forsko i brolægningen, sitrende af utålmodighed i ben og koder, ladet med kraft til en langt længere rejse end den, der forestod.

Grabhorn var ny på en hesteryg; han manglede endnu den rigtige rytters sluttede, selvfølgelige holdning, men var dog nået til at kunne sidde sikkert i sadlen. Flot red han ud af gæstgivergården, hilsende seigneur Haarboe med ridepisken løftet op til sin opkrammede, trekantede hat. Madame Haarboe, som fra køkkenet med interesse havde iagttaget afrejsen, kom ud til sin mand, der var blevet stående på trappestenen, glad over sin ny kunde og sit nye bekendtskab.

Hun sagde: "Det var da et skønt ungt menneske, den ny forvalter på Lindenborg!"

Grabhorn red østpå og var snart ude af den snævre Bispensgade; foran ham lå nu Østeraa med Maren Brandts Bro. Åen flød sejt og sindigt med næsten mørkegrønt vand i et stensat leje; hist og her førte trappetrin ned til vandspejlet, bestemte for tjenestepigerne, som skulle øse vand, og henne foran Jens Bangs Stenhus stod langs åbredden en gruppe ældgamle piletræer, hvis halvt blottede rødder sugede væde og næring af det fede, slimede vand. Så tykke var deres lave stammer og så runde og tætte deres tit stævnede kroner, at de lignede kæmpemæssige hvidkålshoveder. Hinsides Maren Brandts Bro bredte sig Nytorv med Aalborghus' slotsgrav og beplantede vold til venstre og en statelig husrække til højre. Med sorttjæret bindingsværk, med okkergule eller hvidkalkede murtavl og med stolt knejsende, knægtbyggede gavle lå her gård ved gård fra åen helt hen til Slotsgade.

Foran købmand Ole Christian Holms trappe lod Grabhorn sin hest standse; han så nemlig manden stå på det øverste trin i samtale med en kunde, og så snart Holm blev opmærksom på forvalteren, affærdigede han kunden, kom hen til hesten og hilste Grabhorn med største ærbødighed.

Trods det lune efterårsvejr bar købmanden en spids, strikket, ulden hue, rød med blå dusk, under dens rand stak hårpisken, tynd som en rottehale, ud i luften over den højtopragende frakkekrave. Ole Christian Holm var en jævn mand, der havde arbejdet sig op fra fattig købmandsdreng til at være en af Aalborgs største handlende; han benævnedes af de fleste ganske formløst som i de unge dage med sine fornavne Ole Christian. Efter at være blevet formuende, var han blevet rigt og fornemt gift, og han og hans hustru førte nu et temmelig stort og gæstfrit hus, - hvilket særlig var tilfældet, siden en kvindelig slægtning af madame Holm, en ung og rig købmandsenke ved navn Bente Gaaser, var kommet til at bo hos dem; de aldrende mennesker følte det som deres pligt at føre hende ind i det aalborgske selskabsliv og derved muligvis bane hende vej til et nyt ægteskab.

Da Ole Christian var Lindenborgs vigtigste forretningsforbindelse, havde Grabhorn gentagne gange nydt gæstfrihed i huset og havde netop denne formiddag villet aflægge et takkebesøg, men havde ikke truffet nogen hjem-

me. Købmanden begyndte derfor med mange undskyld-
ninger: hans Damer havde benyttet det skønne september-
vejr til et besøg i Vendsyssel, selv havde han haft forret-
ninger ved havnen. Han beklagede overordentlig disse
uheld. Grabhorn slog elskværdigt alt dette hen som over-
flødigheder, bad Ole Christian overbringe damerne en
ærbødig hilsen, tog venlig afsked med ham og red videre
ud af byen, hvorpå han satte hesten i trav.

Fra Kragebakken så Grabhorn ned over dalstrøget foran
sig; med skarpt sidelys fra højre lå her Sønder Tranders
By, lav og lerklinet; men bag den hævede sig højt og tri-
umferende Lundby Bjerges tvillinghøje, hvis profil med
en antik græsk bues vidunderlig fine linje stod som stem-
plet på den sølvlyse eftermiddagshimmel. Høsten var her i
Sønder Tranders Sogn allerede afsluttet; ævret var opgi-
vet, kvæget gik spredt omkring i små flokke og havde
hele landsbymarken til deres fri rådighed; deres påbundne
klokker ringede kvikt og muntert ved hver bevægelse af
de græssende dyr.

Nede ved det lille vandløb imellem Sønder Tranders og
Gistrup gik nogle drenge og drev med en stor gåseflok;
fuglenes ubehagelige, rå og dybe skræppen bragte Grab-
horn til at studse; han lod sin hest slå over i skridt og lyt-
tede til disse på en gang nære og fjerne toner; dette tilfæl-
dige lydindtryk øvede en øjeblikkelig, forunderlig virk-
ning på hans sind; det var, som om en enkelt tone, der
klang for hans øre, uimodståelig drev ham til at synge
hele melodien eller hele verset igennem. Og medens han
lod sin hest gå fremad skridt for skridt, sang han den stille
igennem, som han havde gjort det tit, - sin barndoms og
ungdoms melodi.

Hjemmet i Bockhorn, i Oldenburg, hans moders fattige,
lille hytte, klinet op af tørv og ler, tækket med siv og rør,
ensomt liggende mellem tørvegravene ved Dümmersees
bredder. Lyng og kæruld i højmosen, hist og her et let-

klædt birketræ, svajende for vinden - og så ham selv, drivende med gæssene nede ved søkanten! Dümmersee, de stille eftersommerdage, hvor den lå som et spejl, så blank, at gæssenes tabte dun knap kunne pustes hen ad dens overflade, - og en hel anden Dümmersee, de kolde blæsende dage, hvor den kunne bølge og skumme som et rigtigt hav, spættet med hvide skumprikker helt over imod den hannoveranske bred.

Og så den gode, fromme sognepræst i Bockhorn, velærværdige hr. Otto Sicilius, som lagde mærke til gåsehyrden Johan Anton, så han tog sig af ham og underviste ham sammen med sin egen søn, den jævnaldrende Wilhelm. Efter konfirmationen fulgtes de til Hamburg, hvor Wilhelm Sicilius skulle være discipel i det fornemme Gymnasium Johanneum; - men derind kunne Johan Anton jo ikke nå! Hans ældre broder, der var tjener i et stort herskabshus, havde derimod skaffet ham ind i en lignende stilling, naturligvis som ydmyg begynder; - herfra var han ved gode anbefalinger kommet ind i den Schimmelmannske families tjenerskab; hans boglige færdigheder, - for hvilke han kunne takke timerne i Bockhorn Præstegård, - blev her bemærkede, og han blev i et stolt øjeblik flyttet fra tjenerstuen og kammerbordet over på skriverstuen, hvor den skrappe Gondolatzsch, bogholderen, den højtbetroede og uundværlige kontormand, tog sig af hans yderligere uddannelse. Og den var lykkedes så godt, at han nu, knap 30 år gammel var godsforvalter på Lindenborg.

Ja, alt det drog igennem Grabhorns hukommelse, fordi han hørte gæssene skræppe ved Gistrup Bæk.

Just som han havde passeret Lundby Bjerge, mødte han en rytter, der kom nede fra venstre, ad vejen fra Torderup og Skovstrup, som her ved det såkaldte Snurom forenede sig med den store Hadsund Landevej. De gjorde ved sammentræffet straks holdt og hilste hinanden som gode venner, hvad de trods deres korte bekendtskab også var. Den kommende rytter var den unge herre på Gudumlund, kammerjunker Friderich von Buchwald.

Han var nogle år yngre end Grabhorn, var som denne slank og temmelig høj, men medens godsforvalteren var mørk, var den unge herremand meget blond, med rødgult hår og fregner. Hans stærkt særprægede raceansigt havde et kækt, næsten forvovent udtryk. Ligesom Grabhorn var han en enkes søn. Han var kun 7 år gammel, da han mistede sin fader, major Peiter Matthias von Buchwald til Gudumlund. Han var så vokset op på den gamle slægtsgård under sin moders vinger, så længe de kunne dække ham, og reden kunne rumme ham; men han unddrog sig hurtigt omhu og beskærmelse. Den var ufornøden for ham, som han var skabt. Moderen, fru majorinde Ida Ilsabe von Bassewitz, havde før sit ægteskab været hofdame i sit hjemland Mecklenburg-Schwerin og havde fra den tid bevaret temmelig høje tanker om sin egen værdighed, forbundet med stiv kedsommelighed og pietistisk religiøsitet. Samtidig var hun fuldstændig ukendt med det virkelige liv; gods og formueforhold kom naturligvis under hendes styre mere og mere i forfald. Sønnen havde derfor i en ung alder måttet gribe tøjlerne og var med sit robuste og praktiske mandsvæsen tidlig blevet dygtig til at føre kommando, hvad der unægtelig havde afsat en noget forceret overlegenhed i hele hans optræden og udtryksmåde. Hans tale var skødesløs og lunefuld; han beherskede med lige stor færdighed jysk, dansk og tysk, og det morede ham at give sin tale kolorit ved at blande gloser og vendinger fra det ene sprog ind i det andet. Selv over for Grabhorn, som han dog holdt meget af, kunne han ikke helt aflægge en vis beskyttende og højmodig tone, som undertiden sårede forvalteren; men venskabet med den unge adelsmand var ham på den anden side så meget værd, at han tålte disse små ubehageligheder, og han var klog nok til at forstå, at der i Buchwald var tømmer til en mand og stof til en fuldvægtig personlighed.

"Goddaw, bette Grabhorn!" hilste Buchwald oprømt, red hen på siden af forvalterens hest og gav ham hånden.

"Velkommen hjem fra København!" svarede denne, "det er godt at se dig hjemme igen."

"Ja, jeg måtte jo derover, hvor nødig jeg ville; meine Frau Mama hat mich sozusagen hingeschickt; jeg skulle jo nødvendig takke hans majestæt, fordi han i sin nåde har gjort mig til kammerjunker. Nå, for resten var rejsen, da jeg en gang var kommet af sted, morsom nok. Jeg har hørt og set meget; jeg har også lært en del. Jeg fik hilst på en mængde mennesker; - det er sandt, mens jeg husker det: jeg har en hilsen at overbringe dig fra din ven og velynder, doktor Struensee; han mindedes dig fra Altona."

"Ven, - det er nu så meget sagt," svarede Grabhorn, "doktoren står jo i alle måder højt over mig; men velynder kan bedre passe; både som læge for mig, da jeg lå syg i Altona, og senere når han har truffet mig, har han vist mig den største venlighed; han har jo et charmerende væsen frem for nogen anden."

"Ja, hvordan du nu vil kalde ham, en ting er sikker: han er en mand, der går opad. Nu er han livlæge hos kongen, han er etatsråd og stiger stadig i majestætens gunst. Han har himlen på hornene! Men for at snakke om noget andet: Ved du, at der i næste måned skal holdes auktion over Kongstedlund og Randrup?"

"Ja, jeg har set det i "Jydske Efterretninger"."

"Vil baronen købe? Skal du derover og byde?"

"Det ved jeg ikke, men i hvert tilfælde vil jeg da med som tilskuer."

"Det er udmærket, så følges vi ad; jeg kommer til Lindenborg og tager dig med, så rider vi sammen derover."

De to venner tog afsked med hinanden, og Grabhorn red videre i det skønne efterårsvejr. Hans tanker, som var blevet ledet hen på Struensee, kunne ikke igen slippe denne glimrende skikkelse. Den venlighed, han havde vist den unge fattige kontorist på det Schimmelmannske kontor, havde i Grabhorns sind fremkaldt en uendelig taknemlighed og begejstring. Struenseee var hans ideal. Ganske vist indså han nok, at den elegante levemand hyldede principper, som den brave pastor Otto Sicilius i Bockhorn næppe ville underskrive, men det kom Grabhorn for, at doktoren var betydelig bedre end mange af de grundsætninger, som han kaldte sine, og som han flot udslyngede om sig. Grabhorn kunne se bort fra dem, se ind til selve mennesket, ligesom han så igennem Buchwalds junkermaske.

Men for resten: var nu Struenseees grundsætninger og leveregler så hårrejsende og forkastelige, som de lød til? Var der ikke noget i det, som doktoren påstod: at menneskets mål her på jorden er at skaffe sig så mange glæder, som livet byder, og som det er muligt at nå uden at forurette andre, og på den anden side unddrage sig lidelser, så vidt som det er muligt uden at vælte dem over på andre?

Fra det høje Fjellerad så Grabhorn nu ned over Lindenborg, under ham lå ådalens vældige hulning mellem de svært bugnende sidebanker, et stærktbygget landskab, hvis rent optrukne linier ikke flossedes af skove eller trævækst. Kun enkelte tilbagestående gamle ege ovre på bakken Blåhwæs med lidt hasselkrat om fødderne, nogle høje, slanke aske omkring slottets voldgrave og lidt ellekrat langs åkanten; - ellers lå landet afklædt og udspændt for ham. På Grabhorn, hvis øje var vant til Holstens og Sjællands skovrigdom, virkede dette landskab pinligt i dets nøgenhed; han følte, at det ville vare længe, inden han blev fortrolig med dets ejendommelighed, om det nogensinde skete.

Dalen beskinnedes nu på langs af dagens sidste matte glans; førend solen dukkede sig bag de mægtige lyngknuder ved Flamsted, udsendte den en strøm at blegt lys, der ligesom flød gennem dalen ud i de åbne kærstrækninger mod øst og tabte sig der i fladerne og i rummet.

Grabborn red over Lindenborg Bro. Denne ansås for et af egnens underværker, og at have ladet slå bro over den brede å regnedes for en storartet bedrift. Den skyldtes grev Adam Gottlob Moltke, som til afløsning at den tidligere færge havde ladet den bygge en halv snes år, førend han solgte gården til skatmesteren; broen hvilede på en solid underbygning af egetømmer og havde et højt buet dæk med jernrækværk fra bred til bred.

Lænet til broens rækværk ovre på Lindenborg-siden stod en kraftig, midaldrende mand; et tykt egespir hang ved sit krogede håndtag over hans arm, han bar en filthat med en stor hanefjer, en grov, grå jakke med hjortetaksknapper, skindbukser og langskaftede fedtlæderstøvler. Det var den højtbetroede avlsforvalter på Lindenborg Ladegård, Detlef Bock, hentet hertil og ansat af skatmesteren for at modernisere gårdens og godsets landbrug.

Bock var en typisk holstener af underklassen med stærkt vendisk indslag: bredt ansigt, gul hudfarve, stridt sort hår og sorte øjne. Som hele det ypperlige menneskeslag, hvoraf han var udgået, havde han værdifulde egenskaber, han var jernhård til arbejde og anstrengelser, nøjsom, flittig og tro; men han var en ægte funktionærsjæl, krybende som en hund opad og bidsk som en hund nedad og til siderne. Han regnede ikke godsforvalteren for sin overmand, hvad han vel egentlig skulle være. Den forrige havde han fortrængt; nu ville han prøve sig mod den ny. Mon han var stærkere?

"Det er tidligt, hr. forvalter kommer fra Aalborg i dag," sagde han, da Grabhorn red forbi ham, "jeg er bange for, at hr. forvalter ikke har fået alle sine ærinder forrettede."

"Hvad mener han med det? "spurgte Grabhorn.

"Ja, jeg mener jo det, at hr. forvalter plejer at komme senere hjem fra købstaden, - sommetider endda meget sent; jeg tænker, baronen kan bedst lide, når det er som i dag."

"Jeg kommer, når min tid er," svarede Grabhorn vredt, "pas han sine egne sager, så passer jeg mine."

Med disse ord red han videre. Uden for Lindenborg Kro stod nogle Fjellerad mænd og talte med kromanden. Grabhorn holdt hesten an og vekslede et par ord med dem; han tog så en mark frem, gav kromanden den og bad ham give bønderne en polak (øl blandet med brændevin), så de kunne drikke på hans sundhed. Han vidste, at dette ville ærgre Detlef Bock, der kom galsindet sjokkende bagefter nede fra broen, og hensigten blev også heldig nået; Bock var fuldstændig rasende, da han passerede de lystigt støjende og taknemlige Fjellerad mænd.

"Den flab," tænkte han, "han vil fedte sig ind hos bønderne, men jeg skal ikke glemme ham."

Godskontoret og godsforvalterens bolig lå i Lindenborgs nordfløj. Så snart Grabhorn var nået ind i borggården, kom en karl løbende ud fra østfløjen, hvor der var herskabsstald med vognremise, og tog imod hans hest. Forvalteren trådte ind ad sin dør, hvor hans husholderske Anne Sofie stod og bød ham velkommen hjem.

Anne Sofie Jensdatter, i daglig tale kaldet Ann Sofi, var en gårdmandsdatter fra Rise i Gerding Sogn. Straks efter sin konfirmation var hun som forældreløs kommet til at tjene i Gerding Præstegård hos den gamle sognepræst, hr. Bolle Mørch, og blev der lige til han døde. Siden blev hun tjenestepige hos godsforvalter Friderich Lang på Lindenborg, og da han forlod sin stilling, blev hun på gården som husholderske for hans eftermand. Det var en stor og smuk bondepige, midt i tyverne. Hun var strammet stærkt op; rank og fast stod hun på sine rette, velskabte ben; med sine blå strømper, sit korte, røde skørt, sit hvide, broderede livstykke og det svære, rødbrune hår i en fletning ned ad ryggen, så hun festlig og malerisk ud. Grabhorn undlod ikke, da han gik forbi hende, at klappe hende på kinden, tage hende om livet og give hende et kys. Hun fulgte ham derpå ind for at varte ham op ved hans aftensmåltid.

2

En månedstid senere, en tidlig formiddag i oktober, kom Buchwald efter aftale ridende til Lindenborg, for at han og Grabhorn kunne følges ad til auktionen på Kongstedlund. Efteråret var jo nu langt fremskredent; de høje asketræer og den øvrige, sparsomme plantning omkring slottet var begyndt at kaste løvet; i det stille, tågede og fugtige vejr mærkede man stærkt den ejendommelige teagtige lugt af de våde, visnende blade. Ann Sofi stod i gangdøren, da kammerjunkeren red ind i borggården.

"Goddaw, bette Ann Sofi," hilste han i ypperligt humør, eller jeg skulle vel snarere sige: "kjønn Ann Sofi! Skulle jeg ikke gøre stads af den kønneste pige på hele baroniet? Gid de andre var mage til! Men dæ mangle møj!"

Her blev kammerjunkeren afbrudt i sine betragtninger, hvormed han havde gjort den unge pige rødmende og flov, idet nemlig en staldkarl nu førte forvalterens hest frem, og Grabhorn i det samme kom ud af skriverstuen.

De to unge mænd red så ud af gården, lystigt vinkende farvel til Ann Sofi, der blev stående på trappestenen og så efter dem. Kammerjunkeren var egentlig ækel, og hvad var det så for en hest, han red på, var det én at møde med? Nå, nægtes kunne det ikke, at han så godt ud i sadlen; men han havde jo også hængt på en hesteryg lige fra han var dreng. Lindenborgs hest var rigtignok et anderledes dyr; det kunne forvalteren være bekendt, og selv kunne han også nok lade sig se ved siden af kammerjunkeren. Han var hendes ven; det vil sige: han var ved at blive hendes ven; han blev det nok!

Da de to ryttere red op forbi ladegården, kunne de ikke undgå at høre Detlef Bock stå og bande og gale derinde; en klaskende lyd lod dem også formode, at han gav sine ord eftertryk med egespiret. Tavse red de et stykke op ad bakken mod Dollerup. Buchwald brød tavsheden og sagde med større alvor, end han plejede at lægge for dagen:

"Der er en mand her på gården, som du først og fremmest skal tage dig i agt for. Det er Bock. Han er en skurk; jeg siger det med rene ord! Du hørte jo nu, hvordan han behandler bønderne, - ja, jeg kan også træffe at give en doven karl et rap over ryggen; desværre passer det gamle ord sommetider godt nok:

> Wenn der Bauer nicht muss,
> rührt er weder Hand noch Fuss;

men det er alligevel noget andet. Jeg ser på bønderne som på børn; Gudbevares, mange gange ikke rare børn, men dog børn, der engang skal blive mennesker af; men han ser på dem som slaver! Og så kan jeg aldrig glemme ham den lumpne måde, hvorpå han ved sine angiverier og sin sladder gjorde stillingen her utålelig for din forgænger Friderich Lang, den største hædersmand, som tænkes kan. Som sagt: tag dig i vare for den slyngel!"

Buchwald tav, men tog snart ordet igen, denne gang i en helt anden tone end før, i hans sædvanlige lette konversation. Man var nu kommet til det såkaldte "Røde Led" ved skellet imellem Lindenborg hovmarker og Blenstrup bymarker, og kammerjunkeren fortalte om Claus Daaes mord på dette sted for omtrent 100 år siden og gengav de onde rygter om, at herremanden skulle være blevet skudt på sin hustru, Sophie Amalie Lindenows, foranstaltning. Selv troede han nu ikke derpå. Der gik så meget sladder imellem folk.

De to ledsagere havde nok at drøfte under deres ridt. Buchwald talte ivrigt om de store planer, der efterhånden fik mere og mere fast form i hans sind: om tørlæggelsen af Gudumlunds kærstrækninger og de forskellige fabrikker, han ville grundlægge, og Grabhorn fortalte om et vejanlæg, som han påtænkte, hvorved han ville skabe en omtrent snorlige forbindelse imellem Lindenborg og den nybyggede Vildmosegaard. De red over Skibstedbro, gennem Skibsted og Sønder Kongerslev, og under Tvedens buede kridtbanke nærmede de sig Kongstedlund, hvis høje, slanke hus stod inden for vandfyldte grave som vagt foran den mørkebrune mose.

”Hvorfor vil major von Deden i det hele taget sælge sine godser?” spurgte Grabhorn, ”fortæl mig lidt om det!”

”Hvorfor han vil sælge! Ja, hvorfor vil alle proprietærer her på egnen sælge? Fordi de mener, at der er kommet en guldfisk i farvandet, og den vil de alle sammen gerne have til at bide på krogen. De er af den mening, at baronen vil have samlet så meget hartkorn, at han kan gøre Lindenborg til et grevskab, og derfor står de alle sammen med deres godser på en præsenterbakke, om hans excellence skulle kunne få lyst til at købe dem - og for det gode formåls skyld: naturligvis helst til overpris. Den unge Fædder vil gerne sælge Refs, Peder Thøgersen Lassen er syg for at komme af med Høstemark, og vores fælles ven, majoren, kan altså nok tænke sig at afhænde enten Kongstedlund eller Randrup - eller dem begge to. Og han er så forekommende, at han ligesom vil hjælpe Jer lidt på gled, derfor er det, at han har lavet hele denne auktion. Alt, hvad der skal ske i dag, er beregnet på Jer, og kun på Jer.”

"Ja, så beklager jeg meget, at majoren vil blive skuffet! Jeg har ikke fået nogen som helst ordre til at byde gården ind."

"Nej, vist så; men det behøver du jo ikke at fortælle folk lige straks. Lad kun komedien få lov til at gå sin gang!"

Straks efter red de ind gennem porten. I ladegården holdt en del fraspændte færredsvogne (vogne til rejsebrug), hvoriblandt et par skejser (kalechevogne til 2 personer), nogle staldkarle trak af med heste, og nede i borggården stod der samlet ikke så få folk. De to venner fik deres heste i stald og blandede sig med de øvrige auktionsgæster.

Grabhorn, som jo var ny på egnen, fik her lejlighed til at mødes med så godt som alle landsdelens godsejere; dem han ikke i forvejen kendte, blev han forestillet for af Buchwald. Foruden nogle tilrejsende længere borte fra sås her: den unge Friderich von Arenstorff til Visborggaard, baron Rosenkrantz til Villestrup, krigskommissær Søren Testrup til Viffertsholm, Mads Thygesen til Dalsgaard, Jesper Østergaard til Tustrup, ejendomsspekulanten konsistorialråd Jelstrup til Dragsgaard og Vorgaard, Jens Jørgen Fædder til Refsnæs, Peder Thøgersen Lassen til Høstemark og Egense Kloster, amtsforvalter Christensen til Klarupgaard og konferensråd Bentzon til Sohngaardsholm.

Den sidstnævnte var en nær slægtning at major Deden, således at hans nærværelse var naturlig og let forklarlig; de fleste af de andre var sikkert kun kommet af nysgerrighed, og denne nysgerrighed var først og fremmest rettet mod Grabhorn. Han var målet for alles blikke; den unge mand var, som Buchwald senere bemærkede, straks fra det øjeblik han viste sig på scenen, helten i skuespillet; man ville have givet meget for at vide, hvad der stod i den skrivelse, som han uden tvivl havde i lommen med fuldmagt til at byde på gårdene. En enkelt kunne ikke styre sin nysgerrighed, men trådte hen til ham og bad om en kort samtale; de gik da med hinanden en lille vending op i ladegården. Det var konsistorialråd Lars Johan Jelstrup, en ganske ejendommelig personlighed; han havde indtil for nogle år siden været præst i Vestjylland; men denne stilling havde ikke passet for ham og han ikke for den; han havde derfor søgt sin afsked og ivrigt kastet sig over landvæsen og ejendomsspekulationer, hvori han bevægede sig som en fisk i vandet. Alt gejstligt særpræg var for længst aflagt med undtagelse af konsistorialrådstitelen, hvilken han for øvrigt hadede at høre benyttet, så meget desto mere, som de fleste mennesker ikke kunne udtale ordet rigtigt. Denne durkdrevne handelsmand var en af de få, som kunne tænke sig mulig at ville gøre et bud på gården, og han så i Grabhorn den farligste af alle medbejlere. Han spurgte ham derfor i en hviskende tone, hvor højt han havde i kommission at måtte byde; men Grabhorn, som ikke fandt manden og hele hans væsen tiltalende, syntes ikke, at han gad rive ham ud af hans vildfarelse, og svarede derfor i en kort tone: "Det skal jeg sige hr. konsistorialråden besked om efter auktionen!"

Kongstedlunds hovedbygning, Niels Juuls stolte bygningsværk fra 1597, henstod på den tid i en sørgelig forfatning. I en lang periode havde gården haft ejer fælles med Randrup, hvor herskabet stadig havde boet. Kongstedlund havde en del af tiden været bortforpagtet, undertiden havde den været drevet af gårdbestyrere, og under alt dette havde den ubenyttede hovedbygning fået et forsømt og forfaldent udseende.

Da auktionsholderen nu bad de tilstedeværende træde indenfor, førtes de af den gamle ejer, major von Deden, gennem den statelige portal ind i det store rum i stueetagens nordlige halvdel. Her var alt øde og tomt; der var kun hensat et bord og to stole til herredsfogden og hans skriver. Fogeden slog et slag i bordet med sin hammer, gjorde en kort bemærkning om hensigten med denne forsamling, lod derpå skriveren oplæse konditionerne, og opråbte så Kongstedlund med gods for 36.510 kurantdaler.

Ingen bød. Den blev dernæst opråbt for 30.000, - heller ikke det førte til noget resultat; - så for 20.000, og nu begyndte buddene småt og tøvende at falde fra enkelte liebhavere. Det gik sejt; men endelig nåede man dog op over 25.000; konsistorialråden havde givet det højeste bud: 25.500 daler. Alles øjne var nu fæstede på Grabhorn, der stod og lænede sig op til en vindueskarm ud mod gården. Ikke en mine fortrak sig i hans ansigt. Efter at have vekslet et blik med majoren erklærede herredsfogden, at for denne pris kunne der ikke gives hammerslag. Derefter fulgte Randrup, som blev opråbt for 36.000, og da ingen ville byde, opråbtes som et sidste forsøg begge godser under ét for 50.000. Men det gik som før; ingen meldte sig, og for at få en formel afslutning på den mislykkede auktion lod majoren så sig selv give hammerslag på begge gårdene for 51.000 daler kurant.

En almindelig flovhed havde efterhånden bredt sig over den talrige forsamling; mange gav deres ærgrelse tilkende og beklagede deres egen tåbelighed, at de havde været så dumme at tage herud, for så kun at blive holdt for nar. Nu begyndte det til med at regne, så de kom til at køre eller ride hjem i hjaskvejr; det skulle ikke hæve humøret. Stemningen var kort sagt dårlig, og kun ganske få efterkom majorens venlige indbydelse til at nyde en lille forfriskning af vin og kage, som var anrettet ovre i forpagterboligen i sydfløjen.

Blandt dem, der blev, var Grabhorn og med ham Buchwald, og grunden hertil var den, at konferentsråd Bentzon, majorens svoger, trak Grabhorn til side og udbad sig en samtale med ham. Han spurgte først forvalteren om, hvad årsagen var til, at han ikke havde budt. Hertil kunne denne jo kun svare, at han ingen ordre havde fået dertil og for øvrigt heller ikke kunne tilråde sin herre at købe godserne efter de konditioner, som her var blevet oplæst.

"Men måske efter andre?" spurgte den gamle herre. Da Grabhorn tøvede med at svare, bøjede konferentsråden sig over imod ham, så vist på ham og sagde i en hviskende, men dog eftertrykkelig tone: "Den dag hr. forvalteren udvirker, at Deres høje herre køber godserne for imellem 66 og 67 tusinde, ligger der 1.000 daler kurant på bordet til Dem!"

Grabhorn var ikke på alle områder naiv, omend på nogle. Han kendte såre vel en del af verdens metoder og menneskenes moral og ventede sig ikke overdrevent meget i så henseende. Men dette faldt ham dog for brystet. Hans eneste svar var dette: "Min samvittighed er ikke til falds. Havde det været en yngre eller en ligemand, der havde vovet at byde mig sligt, var mit svar blevet skarpere. Nu nøjes jeg med dette; men det er forhåbentlig tydeligt nok."

Således endte den uheldige auktion på Kongstedlund. Grabhorn og Buchwald red hjem i strømmende regn.

3

Sivert Jensen af Aalborg, skipper - næst Gud - på sit skib, "Edderfuglen" kaldet, var med dette beskedne, men velholdte fartøj ankommet fra Aalborg til København og havde fortøjet på sit vante sted i Nyhavn. Skibet var fragtet til at føre lindenborgske produkter over til baronens husholdning i København: smør, ost, flæsk, salt og fersk kød, røgede og saltede sild samt endvidere fourage til herskabets heste. Endelig havde selve godsforvalteren, lokket af det trods midvinteren milde vejr, gjort turen med som passager, og rejsen havde i et og alt været heldig, omend - på grund af vindstille - ikke særlig hurtig. Til sidst havde dog en brav nordøsten hjulpet "Edderfuglen" ned igennem Sundet, og en tidlig søndag morgen i januar 1770 var skibet gledet ind i havnen og havde som en rigtig fugl efter gammel vane fundet sin sædvanlige rede.

Medens mandskabet nu var beskæftiget med at spule og rense skibet, sad skipperen i sin snævre og mørke kahyt i færd med at barbere sig, hvilket på grund af de ugunstige plads- og lysforhold ikke var nogen ringe opgave; men Sivert Jensen måtte jo se sømmelig ud i hovedstaden, tilmed på en søndag.

Grabhorn havde straks, da "Edderfuglen" rørte bolværket, begivet sig i land for i det Schimmelmannske Palads i Norgesgade at melde sin ankomst og få truffet anstalter til ladningens losning. Hen på formiddagen, just da skipper Sivert lettet nedlagde sin barberkniv, vendte han tilbage og var nu ledsaget af et ungt menneske, sin tidligere kollega på skatmesterens kontor, skriveren Nis Andkier, almindelig kaldet monsieur Nis.

Han gjorde ved siden af Grabhorn indtryk af at være lille af vækst, men var undersætsig og fastbygget. Hans ikke særlig kønne, firkantede ansigt med sund hudfarve og grå øjne så klogt og pålideligt ud; hele personen gjorde i al beskedenhed et bravt og respektabelt indtryk. Den mørkfarvede dragt var ikke fri for at være luvslidt, men var velbørstet og uden et fnug; de sorte uldstrømper fremviste enkelte stopninger, men disse var så omhyggeligt udførte, at der var noget rørende derved. Såvel dette arbejde som skoenes og messingspændernes pudsning skyldtes uden tvivl ejermanden selv.

Efter at monsieur Nis på kontorets vegne havde gjort fornøden aftale med skipperen om ladningen, fjernede han og Grabhorn sig hastigt; de agtede sig nemlig til gudstjenesten i St. Petri Kirke, og klokken var mange.

Sivert Jensen var en mand, der tænkte over sagerne, - ikke alene over vejr og vind og over skib og ladning, men også over menneskers færd og menneskers skæbne. Han stod på dækket og så efter de to unge mænd, som fulgtes ad hen ad Kongens Nytorv, og så sagde han til sin bedstemand Søren Uttrup: "Kig efter de to, Søren. Det er let at se, hvem der er den fineste i tøjet, og hvem der syner bedst i folks øjne, og vi ved også nok, hvem der har drevet det videst hidindtil, - det har naturligvis forvalteren, og han er jo også i det hele taget et dejligt menneske, venlig og ligefrem, det var synd at sige andet; - men den bette sorte, han er -så bandede jeg - den solideste. Skal vi så gå ned og få os en bid brød og en søndagsdram!"

Petri Kirke blev af kong Frederik den Anden skænket til hovedstadens tysktalende medlemmer af den lutherske trosbekendelse og havde nu igennem snart to århundreder under vekslende skæbner været det åndelige hjem for deres menighed. Nylig, under Frederik den Femtes regering, var den blevet smykket med det på én gang mægtige og fine spir, som gav den en fortrinlig anselighed, der fuldt ud svarede til den glimrende periode, som St. Petri menighed netop nu gennemlevede. Aldrig havde den tyske befolkningsdel i København været så talrig, så højt fremragende og betydningsfuld som i årene lige efter 1700ernes midte. Bernstorff'er, Moltke'r, Reventlow'er, Schimmelmann'er og Stolberg'er var landets ypperste navne; de og deres talrige indvandrede og hjemlige venner og klienter var toneangivende i byens og landets liv og gav uvilkårlig det grunddanske samfund en skuffende tysk overmaling.

Denne store, socialt og kulturelt højtstående menighedskreds var så heldig at kunne samles i deres kirke om en præst, der som personlighed og forkynder nød både højagtelse og beundring; Balthasar Münter, Hauptpastor an der St. Petri, var ubestridt hovedstadens mest veltalende prædikant, lige udmærket ved følelsesfuld patos og klippefast moral. Hvor han forkyndte ordet, talte han ikke for tomme stole.

Grabhorn og Andkier var som sagt noget sent på færde; da de kom ind i kirken, var gudstjenesten allerede begyndt; man sang på den første salme. De satte sig derfor stilfærdigt ned lige inden for indgangsdøren, hvorfra de for øvrigt, uden selv at blive bemærket, havde et fortræffeligt overblik over den i hovedskib og pulpiturer forsamlede talrige menighed, blandt hvilken de snart fik øje på deres eget høje herskab, skatmester, lensbaron Heinrich Carl von Schimmelmann, med sin skønne og statelige gemalinde Caroline Tugendreich Friedeborn, der sad på en af kirkens fornemste pladser og under gudstjenestens forløb blev genstand for de to unge skriveres opmærksomhed, så disse næppe fik meget udbytte af selve gudstjenesten.

Skatmesteren var en mand på 46 år, en ret kraftig og anselig skikkelse. Skønt han uden al tvivl var af ren nordtysk oprindelse, havde såvel hans ansigtstræk som hans teint og øjne et sydlandsk præg. Hans hår skjultes af en pudret, ved ørene kunstfærdig buklet paryk. Dragten var

ikke særlig pragtfuld, men over hans kjolebryst lå ordensbåndets brede, vatrede silkestribe. Man blev vanskelig
færdig med at studere denne mærkelige personlighed og
dette forunderlige ansigt: levende, vågent, anspændt, på
vagt og på lur, altid rede og altid ladet med energi; man
fik den tanke, at disse øjne aldrig kunne sove, og at disse
træk aldrig kunne slappes. Men nu her i kirken var der
over baronens væsen, uden at dette virkede afspændt,
bredt en alvor, som tydede på, at han var en andægtig
troende tilhører.

Friherreinde Schimmelmann var en af hovedstadens
mest beundrede skønheder. Med sine 39 år og efter sine
mange barnefødsler havde hun vel tabt sin ungdommelige
ynde og friskhed, men havde til gengæld vundet en majestætisk holdning, en klædelig fylde og en i højeste grad
værdig optræden. Hun sad her med sine glatte, velvillige
ansigtstræk, sin mesterligt opsatte frisure og sin pragtfulde dragt ved gemalens side som en ulastelig type på den
store dame.

Under alle disse iagttagelser gik gudstjenesten sin gang.
Balthasar Münters runde ansigt, omrammet af parykkens
mangfoldige bukler, dukkede op over prædikestolens
rand; den lille bladkrave sad klædeligt under dobbelthagen, hans mine var tilfreds, næsten munter. Han trådte hen
til prædikestolens kant, greb fast om denne og begyndte at
tale over dagens tekst. Hans ry for veltalenhed var ikke
ufortjent; han spændte over det bredeste sjælelige område,
steg fra den lette, dagligdags konversationstone, hvormed
han begyndte, op til en højde af patos og deklamation,
som kun det tyske sprog kunne svare til. Herfra sprang
han frygtløst ned i dagligtalen, men skruede sig atter op,
og holdt således under hele sin lange tale menigheden
stærkt i ånde.

På en lille skammel under prædikestolen sad hans otteårige søn Fritz som en slags kordreng i sort dragt; en stor hvid nedfaldende krave hang om hans hals som en begyndende præstekrave. Hans store hoved med den grålige ansigtsfarve og de gammelagtige træk stod i en underlig modsætning til hans spinkle legeme og tynde ben. Det var beundringsværdigt, hvor ubevægelig dette barn kunne sidde, og til sidst så han helt stivnet ud; men de, der sad ham så nær, at de kunne se hans små dybtliggende øjne spille i hovedet på ham, forstod, at han var lyslevende.

Efter gudstjenestens slutning blev Grabhorn og Andkier stående i forhallen for at lade det høje herskab passere forbi. Snart stod de dybt bukkende, medens skatmesteren værdigt førte sin gemalinde ud til den i St. Pedersstræde ventende vogn. Et par lakajer vimsede omkring for at hjælpe herskabet til vogns. Skatmesteren nikkede venlig til sine to kontorfolk, havde et særligt nik til Grabhorn, hvem han bad møde på kontoret mandag morgen, og derpå steg det høje par op i deres vogn og kørte fra kirke med de to spraglede lakajer bag på karossen.

Umiddelbart efter skatmesteren og gemalinde fulgte to unge mennesker, uafbrudt holdende hinanden under armen. De så ud, som om de ikke var til at rive fra hinanden. Den mindste af dem var særdeles fint klædt, men bleg og spinkel; i det underlig trekantede ansigt, som fra en bred pande smalnede ned til en svag spids hage, strålede et par skønne blå øjne, som bragte alle til at glemme den unge mands grimhed og ubetydelighed. Det var skatmesterens ældste søn, successoren til Lindenborg, Ernst Heinrich Schimmelmann, og ledsageren var den unge August Hennings, til hvem han var knyttet med et sværmerisk og overdrevent venskabsbånd.

Ernst Schimmelmann hilste jævnt og venligt på Grabhorn og Andkier, og vekslede et par ligegyldige bemærkninger med dem; han og Hennings foretrak at gå hjem fra kirken for at få lidt varme i kroppen; han ville ikke nægte, at han var blevet kold om fødderne derinde i kirken, men den gode pastor Münter fattede sig jo ikke i korthed.

Nej, det plejer han og hans slags ikke at kunne, sagde Hennings i en satirisk og spottende tone, hvorpå han og baronen stampede af sted til én side, Grabhorn og Andkier til en anden.

Grabhorn havde indbudt Andkier til middag efter gudstjenesten, og de to unge mennesker begav sig da ned til Amagertorv til det berømte hotel "Store Lækkerbisken", hvor godsforvalteren ville logere under sit korte københavnsophold. Dette gamle gæstgiveri havde sit lokale i en meget anselig ejendom, hvis facade ud imod Amagertorv indtog hele bredden imellem Østergade og Kirkestræde. Bygningen var opført af Christoffer Valkendorf 1582, i den for København så betydningsfulde periode, da han var byens statholder, og den var sin store bygherre værdig, som den lå der frit og dominerende ud til den åbne plads: 3 etager i rig renæssancestil med svejfede (buede) gavle og en stor facadekvist. Foran indgangsdøren fra Amagertorv fandtes en bred, muret platform, og de to gæster var netop steget ad fritrappen op på platformen, da de hørte hestehove klapre bag ved sig. De vendte sig om og fik nu et mærkeligt optog at se: forrest red en herre og en dame, - et glimrende og fornemt par, - bagefter fulgte i sømmelig afstand to rideknægte i hoffets røde ridejakke.

Herren, en ualmindelig statelig og anselig skikkelse, med fine træk, meget blondt hår og iført en elegant blå frakke med pelskrave, red på en sort hest og talte, om end med al ærbødighed, så dog stærkt gestikulerende, til damen ved sin højre side, medens de i skridtgang red ned ad Torvet og Højbroplads.

Damens ydre var ejendommeligt; det unge, glade ansigt dannede en påfaldende modsætning til den sværtbyggede skikkelse med det overudviklede bryst og de uformelige brede hofter; de tykke ben i de stramme ridebukser endte

med dukkeagtige små fødder i lakstøvler. Hun red à ca-
lifourchon, som det begyndte at blive brug i udlandet, det
vil sige: hun sad overskrævs på hesten; den røde skøde-
frakke, som hun bar, sad strammet om hende som et skind
og misklædte hende overordentligt. Det så ikke ud til, at
hun agtede på den opsigt, hun vakte; hun var helt optaget
af sin ledsagers konversation.

"Men, min Gud, det var jo Struensee!" udbrød Grab-
horn med den største forbavselse.

"Ja," sagde Andkier, "og damen var hendes majestæt,
vor allernådigste dronning."

"I den røde ridefrakke?"

"Ja vist så, i den røde ridefrakke og de gule ridebuk-
ser."

De blev stående på "Store Lækkerbiskens" platform og
fulgte rytterne med stirrende øjne, mens de red over Høj-
bro, tværs over slotspladsen, hvor træhesten og kagen stod
som straffemagtens symboler, og hvor trommehvirvler nu
kaldte vagten ud for landets dronning. Så drejede de ind
gennem Zahlkammerporten og forsvandt. De tanker, som
de unge mænd gjorde sig ved dette syn, beholdt de for sig
selv.

4

Blåhwæs hedder den mægtige kuplede banke, som rejser sig lige sydøst for Lindenborg. Den står i landskabet som et forbjerg, højmarkernes yderste spids, som her skyder sig ud imellem Lindenborg Å's og Skibsted Å's brede dale. Engang havde denne banke båret stor egeskov; man fortalte, at det svære gamle tømmer, der sad i Lindenborgs lade, var skovet her. Nu var der kun få, enkeltstående gamle ege tilbage af skoven på Blåhwæs, og det var at forudse, at også de snart ville forsvinde. Hvert år lod baroniet nogle stykker fælde, barken solgtes til garverier i Aalborg, og tømmeret savedes ud til stolper, leder og løsholter; der var altid rigelig brug for bygningsmaterialer til reparationer og nybygninger på både hovedgårde og fæstegårde, og så længe Blåhwæs havde træer, var det jo billigst og lettest at hente tømmeret her.

De få tilbageblevne storege så triste og forkomne ud, som de stod der og kunne se ned i de savgrave, hvor deres fæller var blevet sønderlemmede; men uden part i de dødsdømtes bekymringer skød en frodig opvækst op mellem stubbene, en tæt underskov af hassel, hvidtjørn og slåen. Og den gamle skovbund havde endnu sine minder fra storskovens tid: anemoner og kodrivere hilste som før hvert år vårens komme til trøst for de rynkede egetræskæmper. Endnu et år var dem altså forundt; men Gud måtte vide, hvor længe det hele kunne vare.

Ann Sofi gik en tidlig forårsdag 1770 op på Blåhwæs for at plukke anemoner. Grabhorn elskede denne blomst. Da føret ikke var allerbedst, gik hun i træsko, men det var af de lette, kortovrede, tøffelagtige, som bønderpiger brugte, ulakerede, men hvidskurede, så de skinnede, og til pryd forsynede med fine, udgraverede streger. Disse træ-

sko sad yderlig ude på fodspidsen, og der hørte øvelse til
at gå i dem og til overhovedet at holde dem på foden; men
for hvem der kunne det, så det yndefuldt og nydeligt ud.
Intet fodtøj kunne give en kvinde en så let og henrivende
gang som de kortovrede træsko.

Hun var i øvrigt varmt og godt klædt med et klæde over
hovedet og et strikket, sort, grønkantet korsklæde om
bryst og skuldre. Hun gik med et strålende ansigt; over
hendes hele skikkelse lå et skær af lys og lykke. Det sidste
skridt var nu taget imellem hende og Grabhorn; hun var
helt og fuldt blevet hans, og nu levede de i dette dejlige
forår deres skjulte og heftige kærlighedsliv til lige fryd for
dem begge. Hvis en moralist havde vidst derom og havde
villet angribe deres færd med svære og dømmende ord,
hvis han ville have talt om forføreren og hans offer eller
om kvinden, der havde lokket en mand i sit garn, ville han
have skudt over målet og prædiket for døve ører. Hvad
her var sket, var blot dette, at den ene med tak havde taget
imod, hvad den anden med glæde havde givet, - uden
tanke på fremtid og følger. Således går det jo i den første
begyndelse; men senere stikker tankerne hovedet frem,
grubler og vokser - enten de så er farvede af betænke-
ligheder eller af forhåbninger.

Luften var mild, men ikke klar. Da den unge pige hav-
de plukket så mange blomster, hun kunne omspænde med
sin hånd, satte hun sig på en træstub og så ud over landet.
I dalene snoede de to åer sig som orme, til venstre for
hende lå Vårst Sø's store vandspejl mat og glansløst under
forårshimlen, lige for hende, hinsides ådalen, lå Refsnæs
Hovedgård med sin mølle på bakken og Komdrups tæt
sammenbyggede husklynger på grænsen mellem kær og
højmark.

Tæt ved hendes plads, på den fra Blåhwæs mod kæret
nedskrånende mark, pløjede Blenstrup hovbønder grøn-
jord til byg. Enhver af de klodsede hjulplove med deres

store hjul under plovåsen var forspændt med seks heste, tre par efter hinanden; det forreste par styredes for de flestes vedkommende af en halvvoksen tøs, der sad overskrævs på den nærmer med de lange tynde ben dinglende ned ad hestens sider; de to bageste spand kørtes af en dreng, som væbnet med en pisk trampede af sted ved venstre side af dem, og selve ploven styredes af en mand eller karl.

Hestene var gennemgående magre og usle efter vinterens lange sultekur, materialet gammelt og slet holdt; for de fleste af bønderne havde det vel knebet hårdt i det hele taget at kunne rede en plov ud; men her spurgtes der ikke om at kunne, her hed det blot at skulle, når hovbudet lød, og signalet hejsedes på en flagstang, der var rejst på bakkens top: et flag betød en gangdag, to en spanddag. I dag vajede to flag, og nu kravlede plovspandene langsomt og vaklende som store larver ager op og ager ned, idet de fure for fure forvandlede markens farve fra vissengrønt til sort.

Et af plovspandene kom tæt hen til det sted, hvor Ann Sofi sad i skovkanten, og hun kendte Søren Hansen fra Blenstrup, en gårdfæster, med hvem hun var fjernt beslægtet, hilste på ham og gav sig i snak med ham. Han selv og hans plovudstyr var noget af det ringeste på hele marken; det hele var ynkeligt lige fra mandens egen forslidte skikkelse til den sammenlappede plov, de lodne, ustriglede heste med bødet seletøj og den lange tøs, der hang på hesten, utilstrækkelig påklædt, med nøgne, blåfrosne ben ovenover de alt for korte strømper.

Så snart Detlef Bock, som længere nede på marken vågede over pløjningen, bemærkede, at Søren Hansen havde standset arbejdet, kom han farende, næsten i løb, og allerede under farten udsendte han en gloende salve af eder og skældsord; men da han fik øje på Ann Sofi, tav han pludselig stille; efter en kort pause gav han i rolig

tone bonden ordre til at pløje videre, vendte sig derpå mod
den unge pige og sagde undskyldende:

"Ja, mamselle, der må passes på! Arbejdet er stort, og
kræfterne er små; men baronen stoler jo på mig, og han
kan også være fuldt sikker på, at alt skal blive passet, som
det sig bør."

Da Ann Sofi ikke svarede, fortsatte han i en indsmigrende tone: "Baronen har jo overladt det hele landbrug til
mig; han sagde, sidst han var her, med rene ord: Mach Du
deine Sachen, wie Du für gut findst. Min stilling er glimrende."

Ann Sofi, som nu fik en svag anelse om hensigten med
Detlef Bocks ord, svarede i en kort og tvær tone:

"Ja, det er jo godt for Detlef; - men mine kål de er da
lige fede."

"Sig ikke det," sagde Bock ivrigt, "sig ikke det, mien
lütt Deern, vi to kunne dejlig spise kål sammen af et fad;
jeg kunne godt tænke mig at blive her på baroniet, enten
som avlsbestyrer eller på anden måde. Det er ikke umuligt, at baronen vil lade mig få en af sine gårde i forpagtning; jeg skal nemlig sige, at jeg står højt både for selve
herskabet og for justitsråd Gondolatzsch. - Men alt sammen på en betingelse, og det er noget, som kun mamsellen
råder for. Tænk nu over det; vi to skal tales ved om den
ting engang endnu."

Den store, stærke mand stod rolig foran den unge pige,
mens han sagde disse ord; hun kunne ikke nægte for sig
selv, at han så både ærlig og alvorlig ud; men hun rejste
sig hurtig op fra egestubben, børstede nogle løse blade af
sit skørt og sagde stille og bestemt:

"Jeg tror ikke Detlef skulle tænke mere på det, han her
taler om. Nu skulle Detlef hellere gå ned og se på pløjningen. Detlef taler jo altid om, at vi skal passe vor gerning.
Det vil jeg også; jeg skal hjem og se efter maden til godsforvalteren."

”Ja se blot efter hans mad, mien lütt Deern, men se ikke
efter ham selv, for så bliver du narret!”

Ann Sofi var glad over, at hun havde vendt sig fra ham
og var begyndt at gå, - så så han ikke, hvor blussende rød
hun blev ved hans ord. Men Detlef Bock blev endnu stå-
ende nogen tid og så efter pigens slanke og skønne skik-
kelse, som hun gik hen imellem hasselbuskene, der stod
med lange forårsrakler. Varmen til løvspring var endnu
ikke kommet i luften. Alt i naturen ventede på den rette
tid. Det samme gjorde Detlef Bock.

5

Skriverstuen eller godskontoret på Lindenborg var et
ualmindelig stort rum. Det lå i nordfløjen, optog hele hu-
sets bredde og havde vinduer til begge sider. Både dets
størrelse og dets stærke belysning bidrog til at forøge det
indtryk af tomhed, som man fik, når man trådte ind ad
døren. Ved de hvidkalkede vægge stod der et par reoler
med protokoller og brevpakker; en svær jernkiste var an-
bragt i et hjørne, skruet fast til gulvet; heri gemtes godsets
adkomstdokumenter og andre værdisager; forvalterens
arbejdsbord midt på gulvet, skriverens lille pult henne ved
det ene vindue samt et par træstole, - det var det spar-
somme møblement, og det fyldte jo kun lidt i den store
stue.

En dag hen på efteråret 1770 sad Grabhorn ene i skriverstuen; sin unge medhjælper, skriveren Jens Mortensen, havde han sendt til Store Brøndum for at registrere en fæstebondes dødsbo; sådanne forretninger kunne man godt betro det lærenemme og pålidelige unge menneske. Det var for øvrigt en trist historie for baroniet med dette dødsfald i Brøndum, sad forvalteren og tænkte på. En øde gård var der i forvejen der i byen, og nu blev der formodentlig en til; thi hvor i alverden skulle man få et menneske fra, der var villig til at drage ind i den forfaldne gård, hvis bygninger nærmest lå fladt ud ad jorden, med en forsulten og fåtallig besætning og store restancer? Nå, dem blev man jo nødt til at slette. Men endvidere måtte baroniet naturligvis besætte gården på ny fra top til tå og levere bygningstømmer til ny huse - hvor mange 12-allere mon der skulle til? Og selv om man viftede fristende med alt dette, ville det uden tvivl blive svært nok at få gården, eller rettere sagt: begge Brøndum-gårdene, bortfæstet.

Dog, det var ikke værd at fælde tårer over den slags ting, så kunne man aldrig holde øjnene tørre. Grabhorn rev sig løs fra de triste overvejelser, som godsforvalterembedet førte med sig, og fordybede sig på ny i et brev, som netop var blevet bragt ham af en fra Aalborg hjemvendt ægtbonde.

Brevet lød således:

”Da jeg har bedt en del gode venner til mig næstkommende fredag den 9de hujus for om aftenen at fornøje os sammen med lidt lystighed og dans, så eftersom Deres velædelhed står iblandt mine gode venners tal, har jeg taget mig den frihed herved tjenstvenlig at bede Dem, De vil gøre mig den særdeles fornøjelse bemeldte fredag eftermiddag klokken 4re at komme til os og tage del i samme og de meget sparsomme traktementer, jeg kan opvarte Dem med. Som nu herved sker mig såvel som selskabet en besynderlig fornøjelse, så vil jeg med desto større vis-

hed forvente Dem komme og beholde sådant i taknemlig
hukommelse og altid vise den højagtning for Dem, med
hvilken jeg stedse forbliver
velædle, højfornemme vens
ganske skyldige tjener
Chr. Ryberg."

Det kunne ikke nægtes, at Grabhorn var blevet taget
imod med åbne arme, da han kom til Lindenborg-egnen.
Hans fordelagtige ydre og nette optræden vakte straks
almindelig sympati for ham; men hvad, der fremfor alt
havde banet vej for ham, var den yndest, som man forud-
satte, at han måtte nyde hos sit høje herskab, idet han fra
skatmesterens nærmeste omgivelser trods sin unge alder
var sendt over på den ansvarsfulde plads for at administre-
re den store jyske besiddelse. Det kastede selvfølgelig på
forhånd et særlig fordelagtigt skær over ham, og når man
så lærte ham nærmere at kende, opdagede man, at han var
en ypperlig selskabsmand, en fuldendt kavaler, indtagen-
de både i mænds og kvinders kreds. Skønt endnu ny på
egnen, var han en hyppig og velset gæst på de omkring-
liggende herregårde, hos majorens på Randrup, hos det
unge herskab Fædders på Refsnæs, for ikke at tale om på
Gudumlund, hvor også den fornemme gamle frue tøede
helt op, når sønnens ven kom på besøg.
Men særlig havde Grahhorn fundet åbne døre i Aal-
borg. Det var begyndt med, at han var kommet som gæst
hos Ole Christian Holm og enkelte andre forretnings-
mænd, med hvem Lindenborg handlede; men snart var
hans omgangskreds i købstaden vokset og vokset; de
gæstfri og rige huse kappedes ligefrem om at indbyde
ham til deres fester.
Nu sad han altså med en indbydelse fra den store agent
Ryberg, en af Aalborgs berømteste og rigeste købmænd,
en indbydelse, han selvfølgelig efterkom med glæde. Det

var for øvrigt ikke længere siden end forleden, at han havde været til stort selskab med dans hos Ole Christian, hvilket havde været overordentlig fornøjeligt; han havde den aften danset meget med madame Gaaser, - og han havde en bestemt følelse af, at det var både hende selv og ikke mindre værtsfolkene særlig kærkomment, at han gav sig så meget af med hende. Ja, - hvem vidste, hvad det kunne føre til?

Netop som han var i færd med at besvare agentens skrivelse med tak og ja, bankede det på skriverstuens dør, og ind trådte Detlef Bock. Han var iført sin sædvanlige landmandsdragt og så ud til at være kommet direkte fra sit arbejde; det var da også et dagligdags, praktisk spørgsmål, han først fremførte, og som de to funktionærer rent forretningsmæssigt drøftede. Men da denne forhandling var sluttet, lod det ikke til, at Bock, som han plejede, ville forføje sig bort med et tørt farvel; tværtimod sagde han lidt højrøstet:

"Ja, jeg er ikke færdig endnu, og da vores samtale må fortsættes, og hr. forvalter ikke har budt mig en stol, tager jeg den selv!"

Grabhorn gjorde en tilladende håndbevægelse, og holsteneren trampede i sine store fedtlæderstøvler hen til væggen, tog en af de der stående stole og anbragte sig tungt ved skrivebordet lige over for godsforvalteren.

Der indtrådte en kort tavshed; de to mænd så vist på hinanden. Så begyndte Grabhorn:

"Det er Detlef og ikke mig, der har bedt om en længere samtale; hvad ønsker han så?"

Bock talte langsomt og trevent:

"Ja, ønsker og ønsker! Der er meget, jeg ønsker, og lidt, jeg får! I det år, hr. forvalter nu har været her på gården, er der samlet meget sammen, som ligger i mig, og som jeg skulle have talt om; nu skal jeg forsøge, om jeg kan sætte det ud fra hinanden. Bemærk, hr. forvalter, vi tjener jo begge to det samme herskab, og det er et herskab, som nok er værd at tjene med troskab. Det var godt, om vi kunne trække samme vej og ikke skulle trække til hver sin side."

"Ja, det følger af sig selv," sagde Grabhorn kort; "men hvor vil han hen med den snak? Nu ingen videre omsvøb! Hvad mener han?"

"Jo, hr. forvalter, det gik jo ikke så godt, medens hr. Lang var her; vi kunne ikke arbejde ved hinandens side. Den ene måtte vige."

"Ja det har jeg såvel hørt. Men hvis var skylden?"

"Det var forvalterens," sagde Bock med indædt bitterhed. Han ophededes mere og mere af samtalen; hans stemme blev sikrere og skarpere:

"Han ville aldrig lære at holde sig på sit eget. Det var dog meningen, at han skulle passe skriveriet og jeg landbruget. Baronen sagde udtrykkelig til mig, da han var her sidst: Mach du deine Sachen, wie Du für gut findst! Det var det, som hr. Lang aldrig ville rette sig efter. .."

Grahhorn rettede sig i skrivebordsstolen:

"Ja tak, det ord af baronen har jeg også hørt før; der eksisterer vist ikke et menneske på hele baroniet, som ikke har hørt Detlef slå om sig med det. Det er jo nok muligt, at baronen kan have sagt det, skønt han har aldrig nævnt det til mig, som dog havde hele korrespondancen med Lindenborg under mig. Men hvad er der i vejen for, at vi kan arbejde sammen og tjene vort høje herskab det bedste, vi formår? Hvornår har jeg blandet mig i hans landbrug? Kom nu ikke med mere udenomssnak; men lad mig høre, hvad der ligger bag ved alt det, han her sidder og siger!"

Nu forlod besindelsen Detlef Bock; han sprang op fra stolen, slog med knyttet hånd i bordet foran Grabhorn og råbte:

”Hold hænderne fra Ann Sofi! . . . Hende skal forvalte-
ren lade gå, ellers sker der en ulykke! Tag efter hvad jeg
siger, ellers vil forvalteren komme til at fortryde det!”

Grabhorn svarede i en drillende tone:

”Min husholderske! Hører hun med til landbruget?
Detlef begyndte så smukt at tale om troskab og enighed,
og om hvordan vi skulle hjælpe hinanden, . . det lød jo
yndigt nok; men når det så kommer til stykket, så ender
det hele med, at han vil have min husholderske! Men nu
skal jeg sige Detlef Bock en ting: Han kan rase og regere
så galt han vil oppe i ladegården, men os hernede i borg-
gården skal han holde sin næse fra! Her inden for vold-
graven vil vi have fred! Og så tror jeg, det er bedst vi slut-
ter.” Grabhorn havde nu også hidset sig selv op, også han
havde rejst sig; han pegede mod døren og skreg rasende:
”Heraus!”

Bock dirrede af raseri, men han gik. Han var tidlig tug-
tet til at lystre. En kommando kunne han ikke være over-
hørig.

Da han var i døren, råbte Grahhorn efter ham: ”Nu kan
han jo i sit næste sladderbrev fortælle hr. Gondolatzsch, at
jeg har vist ham døren. Det skal jeg ikke fragå!”

Herpå svarede Bock intet; men Grahhorn sad, afslappet
efter sit vredesudbrud, længe trist i kontorstolen og forud-
så de ærgrelser og kvaler, som herpå uden tvivl ville føl-
ge.

6

Grabhorns elskværdighed og vindende væsen beroede for en stor del på det lyse og lette sind, hvormed han var udrustet af naturen, og som endnu ikke var blevet forstyrret af alvorlig modgang og dybe sorger. Ganske vist var han født og opvokset i små kår og var ikke ukendt med fattigdom og savn; men den slags genvordigheder havde han altid kunnet bære med godt humør, og i det store og hele havde hans livsbane været opadgående. Vandringen fra den fattige hytte ved Dümmersee til godsforvalterboligen på Lindenborg Slot betegnede unægtelig en smuk stigning. Det syntes Grabhorn også selv; men hans beskaffenhed var sådan, at det mere blev lystigt overmod end taknemlighed, der fyldte ham, når han i sin første Lindenborg-tid drejede hovedet og betragtede sin tilbagelagte vej. Selvfølgelig var han også blevet forvænt og forkælet ved den opmærksomhed, der fra alle sider blev vist ham som sin mægtige husbonds repræsentant, og ved den elskværdige imødekommenhed, som hans eget venlige væsen udløste hos hans omgangskreds. Han kom uvilkårlig til at betragte solskin og medbør som en selvfølge; han syntes, at det var noget, livet så godt som skyldte ham, - væsentlig god som han følte sig selv. Også forholdet til Ann Sofi, som fra første færd havde bragt ham så megen lykke, var han tilbøjelig til at betragte som et tilgodehavende, han var berettiget til, uden medfølgende vidtrækkende forpligtelser, at oppebære.

Men det blev på dette område, at han fik den første drøje belæring om alvoren i livets love og om ansvarets byrde.

Med sin godmodige, men lette og flygtige natur havde han fra første begyndelse kun haft ringe forståelse for den vilde lidenskabelighed og det stærke sind, der dannede de dybeste lag i Ann Sofis sjæl, og med stigende ubehag bemærkede han nu, hvorledes hendes inderste væsen mere og mere åbenbaredes. Han blev tilbøjelig til at tro, at folkesnakken havde ret, når den nævnede Ann Sofi som en af Friherreindens efterkommere. Skønt det næppe var hundrede år siden, Sophie Amalie Lindenow havde levet sit korte og raske liv på Lindenborg Slot, var der af den døde kvinde, som lå i sin humleforede kiste oppe i Blenstrup Kirkes kapel, blevet dannet en sagnfigur, der i almuens bevidsthed var svulmet op til et fuldkomment uhyre af ondskab og usædelighed. Navnlig med hensyn til det sidste svælgede man i fantasier: Mangfoldige elskere havde hun jo haft, - og Gud ved, hvor de var blevet af? - Og tit var hun blevet frugtsommelig, det var ikke at tale om. Men børnene, som hun fødte, hvad gjorde hun ved dem? Det mente man at vide besked om: de blev i al stilhed sat i pleje omkring på godset. Om hun senere hen i livet ville have fulgt dem med opmærksomhed og taget sig af dem, var ikke godt at vide; men det ville ikke have lignet hende. Imidlertid afskar hendes tidlige død - Gud Fader fri og bevar os! - jo alle sådanne spørgsmål; børnene blev, hvor de var, og voksede op som bønder. Der var adskillige mænd og kvinder omkring på baroniet, om hvem det hed sig, at de var af Friherreindens og - da hun jo var Christian den Fjerdes datterdatter - altså tillige af kongelig slægt. Nogle af de pågældende kunne ganske godt lide, at man sagde sådant om dem; andre - og det var særlig dem, der sad som velstående og ansete bønder, - tog det derimod fornærmeligt op.

Nu havde Ann Sofis bedstefader, der i sin tid havde været gårdfæster i Rise, netop været en af dem, der af folkesnakken udpegedes som Friherreindens børn, og uden just at lægge overdreven vægt på det gamle, løse rygte, kunne Grabhorn, eftersom han lærte sin elskerindes karakter nøjere at kende, ikke godt undgå somme tider at drage sammenligninger imellem hende og hendes formentlige stammoder. Hensynsløs lidenskabelighed, grænseløs livslyst og hård vilje var de egenskaber, som han fandt fælles for de to kvinder.

Da forholdet indledtes imellem ham og Ann Sofi, og i dets første begyndelse, var der sikkert i hendes sind hverken bitanker eller vilkår; men under samlivets varige fortsættelse i uformindsket lidenskab var der hos hende opstået et håb, som havde fortættet sig til et ønske og et krav: hun ville være hans hustru for Gud og mennesker, hun ville stå ved hans side for alteret i Blenstrup Kirke og som gift kone køre ind på Lindenborg i den fine skejse, som kun brugtes ved de mest højtidelige lejligheder. Sådanne tanker og planer begyndte hun løseligt at antyde; klarere og klarere blev det for Grabhorn, at intet mindre end dette var hendes mål. Og samtidig indså han, at hun ville sætte hele sin faste vilje ind på at nå det; hun spillede højt og dyrt, med større indsats end Grabhorn ville og kunne lægge på bordet, og han følte med ubehag, at båndet mellem dem begyndte at snære.

Intet lå ham fjernere end at ville gifte sig med hende. I det hele taget tænkte han foreløbig slet ikke på ægteskab, og han vidste for øvrigt heller ikke engang, hvorledes hans herre, baronen, ville stille sig til en sådan plan; men skulle han overhovedet gifte sig, var det for ham en selvfølgelig betingelse, at ægteskabet kunne hjælpe ham socialt og økonomisk i vejret. Hans opgang i samfundet måtte ikke for nogen pris afbrydes eller sættes på spil, tværtimod skulle den fortsættes og sikres.

Sikres? Ja, han kunne ikke skjule for sig selv, at hans fjendskab med Detlef Bock kunne få ubehagelige følger. Han måtte være forberedt på, at der ville gå breve om ham til København med sladder og angiveri, og vidste han end sig selv nogenlunde ren, kunne hans fremtid dog komme i fare. Hvad så? Havde han noget at stå imod med; hvor var hans reserver?

Havde han nu haft det sådan, som han huskede, der stod i skriften om husfogden, at han kunne begå sig, selv om han blev sat fra husholdningen! Et gods! Havde han blot haft penge til at købe et gods! Umuligt var det jo imidlertid ikke, at han med sin omgang og sine forbindelser kunne gøre et rigt parti. Madame Bente Gaaser var vel, når det kom til stykket, den, han skulle søge at vinde. Det var ikke af vejen at forberede sagen.

Ingen mand sætter sig jo hen og beslutter udtrykkelig med velberåd hu at ville være en slyngel. Men et svagt, umodigt menneske drages, glider, synker ned til lavtliggende handlinger, som han overtaler sig selv til at kalde forsvarlige, men som forringer og fornedrer ham, så han ender på et punkt, hvor han aldrig direkte havde tænkt sig at skulle komme.

Efter mangfoldige overvejelser om giftermål og fremtid skrev Grabhorn følgende brev til sin herre:

"Nådige Hr. Skatmester og Baron!
Da min tænkemåde og min samvittighed ikke tillader mig at betræde den vej, som desværre så mange forvaltere vandrer på, idet de hyppigt benytter de nederdrægtigste og afskyeligste midler til at berige sig selv såvel på deres herskabs som på bøndernes bekostning, så synes det mig, at jeg skylder mig selv at vælge alle tilladelige midler til at forbedre mine omstændigheder og om muligt sikre min velfærd; thi det ville visselig gøre mig ondt, om jeg ikke, trods min ringe herkomst, havde en lige så ædel tankegang som mange, der er store i denne verdens øjne.

For på tilstrækkelig vis at kunne nå det mål, jeg stræber efter, har jeg tænkt at ville gøre min lykke ved hjælp af et giftermål, og i så henseende har jeg for så vidt været heldig, som jeg er blevet kendt med et fruentimmer i Aalborg af god familie og med formue, som jeg nok kunne ønske at gifte mig med, og som heller ikke synes at være utilbøjelig dertil. Men to ting må først bringes i orden. For det første må jeg andrage om Deres Excellences billigelse, og for det andet vil jeg næppe kunne opnå den pågældendes og hendes slægtninges samtykke, hvis ikke et passende, fremtidigt levebrød bliver mig sikret.

Har Deres Excellence det ringeste herimod at indvende, vil jeg betragte sagen som glemt for evig."

Denne skrivelse blev nøje overvejet og behandlet i en samtale imellem skatmesteren og hans højtbetroede førstemand, justitsråd Gondolatzsch. Skatmesteren syntes jo nok, at Grabhorn endnu var temmelig ny i tøjet og endnu ikke rigtig havde vist, hvad han duede til. Var han ikke også lidt flygtig?

Jo, det ville Gondolatzsch ikke nægte; men dygtig var han, begavet i allerhøjeste grad. Han ville kunne fylde enhver plads, man satte ham på, når han blot ville samle sine kræfter om opgaven; men af den grund mente justitsråden, at det netop var heldigt, om han blev gift og derved naturlig blev mere modnet og sat i sit væsen.

Resultatet af samtalen blev, at der gik brev til Grabhorn med tilladelse til at indgå ægteskab; men noget tilsagn om større løn eller sikkerhed for fremtiden indeholdt skrivelsen ikke.

Hvad Grabhorn havde opnået var ikke ganske efter ønske; men en formalitet var altså bragt i orden. For øvrigt fik han nu andet at tænke på end giftermål; strenge tider stod for døren, nu blev der lejlighed til at vise, hvad han duede til som godsforvalter.

7

Det gamle sagn om Ægyptens ti plager kender alle fra deres børnelærdom. Det beretter om hjemsøgelser, som i og for sig ikke var ukendte for Nillandets befolkning; man havde før prøvet at døje med dem enkeltvis; men det forfærdelige ved Moses tid var jo, at de nu kom i samlet flok; som ulykkesbølger væltede og rullede de sig ind over folk og land, den ene tæt bag efter den anden og værre end den anden, indtil selv det ulykkelige folks klage døde hen i et mat gisp af selvopgivelse.

På lignende måde truede det med at skulle gå på baroniet Lindenborg og i hele omegnen i den strenge, strenge vinter 1770-71; Grabhorn sad tit, forfærdet over al den elendighed, han så og hørte, og tænkte på den gamle beretning. Sammenligningen mellem godsets og Ægyptens nød havde han for øvrigt ikke selv fundet på; den kunne han høre, om han ville, hver søndag i kirken. Såvel provst Otto Mørch i Gerding og Blenstrup som sognepræst Niels Jacob Rosenkilde i Store Brøndum, Thorup og Siem, fremdrog ubønhørligt denne gammeltestamentlige parallel til nutidens elendighed og svingede med denne som udgangspunkt straffens og dommens svøbe over deres arme menigheder. Dog selv disse hårde prælater havde øjeblikke, hvor de blødgjordes af tidens nød, og da sang de klagesange "som rørdrummer udi ørkenen"; men mest var det de apokalyptiske ryttere, som de lod galopere hen over menigheder og sogne, så alt lå nedtrampet, fladt og bart efter dem. Triste gik folk fra deres triste hjem ind i kirkerne for om muligt at hente trøst og forglemmelse af deres sorger, i det mindste dog for en lille stund; men endnu tristere, endnu fattigere, endnu mere tugtede følte de sig, når de begav sig på hjemvejen. Det var grusomt, som "wo fåer" var hård på prædikestolen i dag - men det var jo Guds ord!

Den første ulykke var den slette høst. Den var så ringe og blev så dårlig bjærget, at man med sikkerhed måtte vente, at den forestående vinter ville bringe hungersnød blandt befolkningen og fodertrang for kreaturernes vedkommende, og det så meget mere som vinterkulden tog ualmindelig tidlig fat, så at både bæster og høveder måtte bindes ind allerede ved Helmestid (allehelgensdag, den 1. søndag i november). Hvordan man med de sparsomme forråd i lade og på stænge skulle kunne bringe besætningen levende igennem en seks måneders fodertid, var alle en gåde. Og når sædekorn for rugens vedkommende var taget fra, og for vårkornets vedkommende skulle tages fra, hvordan var det så muligt, at den smule tærekorn, man fik tilbage, skulle kunne slå til vinteren over? Landgilde- og skattekorn turde man ikke engang tænke på. Alle gruede for fremtiden. Alle stemmede deres livskrav ned til det lavest mulige; det gjaldt nu blot om at opholde selve det fattige liv.

Allerede i vinterens første del begyndte flokke af tiggere at hjemsøge landsbyer og gårde; unge, friske folk gik arbejdsløse omkring og tilbød at ville tjene i vinterhalvåret for den blotte kost. Ved at høre herom kunne Grabhorn ikke undgå med bitterhed at spørge, hvorfor der under sådanne omstændigheder ikke meldte sig lysthavende til de to ødegårde i Store Brøndum. Baroniet var jo villig til at sætte dem i gang, - at drage ind her var dog bedre end at strejfe om på landevejene som tigger! Men det lod til, at selv de, der kunne få arbejde, foretrak tiggeriets frie liv. Grabhorn så sig mere og mere ærgerlig på dette forhold, og besluttede til sidst, at nu skulle gårdene besættes, om det så skulle ske ved tvang.

Det overordentlig ugunstige høstvejr havde haft til følge, at kornet var halvfordærvet, da det blev kørt ind. Selvfølgelig var foderet usundt for kreaturerne, og den næste elendighed blev derfor en almindelig udbredt, meget alvorlig sygelighed blandt både heste og kvæg. Fra alle godsets byer indløb triste efterretninger, folk ventede i fortvivlelse en gentagelse af kvægpesten, som for en snes år siden så at sige havde udryddet hele kvægbesætningen, og nu kom dertil, at også hestene var syge, så det kunne befrygtes, at man, når foråret kom, stod uden trækkraft til at få markerne beredt og kornet lagt i jorden. Grabhorn så under disse forhold intet andet råd end at sende bud efter den vidtberømte "faunsmed fra Mariager". Denne, som tidligere havde været beslagsmed ved rytteriet (fanesmed), havde vel nok fra den tid nogen forstand på behandlingen af dyr, navnlig naturligvis heste, og virkede i hvert fald nu som dyrlæge både i Ommersyssel og Himmerland. Han var ikke helt let at få fat på; men en skønne dag indfandt han sig da på Lindenborg, hentet af en ægtbonde ved færgestedet i Oue Sogn.

Den svære, aldrende, men endnu kraftige mand fremtrådte ikke uden værdighed, iført en sort hundeskindspels og bærende en lædertaske med sine instrumenter. Hans hele optræden i tavs ro og stille overlegenhed var anlagt på at imponere bønderne, hos hvem han gerne ville gælde for en slags troldmand; over for dannede mennesker som f.eks. Grabhorn lagde han derimod vind på at stå som videnskabsmand.

Grabhorn modtog ham på trappen: "Velkommen, min kære fanesmed, og Gud være priset, at I kom; vi heroppe trænger hårdt til Jeres bistand."

"Ja, jeg kunne jo ikke godt sige nej," svarede fanesmeden, "da jeg erfarede, at det var hans høje excellences baroni, som var i nød. Jeg har ellers været kaldt ned til "de nedre byer"; der går de tykke gårdmænd og vrider hænderne over deres køer, stude og kvier; de har så mange af dem, at de knap ved tal på dem. Derfra måtte jeg så

til Randers og kurere nogle syge heste, og der var jeg nær
aldrig kommet fra; forvalteren kender jo nok det gamle
ord: Wer von Randers kommt unbesoffen und ungeschla-
gen, der mag von gutem Glück sagen.

Ja, hr. forvalter kan tro, det er et anstrengende liv, jeg
må føre; alle vegne råber de på mig; sygdom og elendig-
hed overalt; men heldigvis sidder jeg jo inde med viden-
skaben!"

Efter et solidt måltid beså fanesmeden hestene i borg-
gården, som for resten ingen ting fejlede, udbrød i lovtaler
over forvalterens ridehest og begav sig derpå efter Grab-
horns anvisning op i ladegården. Men efter ganske kort
tids forløb vendte han fornærmet tilbage. Detlef Bock
havde taget imod ham på den mest uforskammede måde,
ladet ham forstå, at han ikke havde haft bud efter ham og
ikke havde brug for ham. Hvad dyrene muligvis fejlede,
skulle han nok selv kurere dem for. Dertil havde han, -
hvad fanesmeden dog udelod i sit referat til Grabhorn -
yderligere føjet nogle mindre smigrende bemærkninger
om hans dyrlægekunst, og - kort sagt - han var dødelig
krænket.

Grabhorn fik ham dog beroliget; et godt glas vin og en
god pibe tobak om aftenen gjorde vidundere, og næste
morgen begav fanesmeden sig ud omkring til bønderne.
Han synede de syge dyr, idet han dog ofrede hestene næ-
sten hele interessen. Forfangenhed var den diagnose, han
hyppigst stillede, og hans mest yndede kur var øjensynlig
at slå hestene op. Hans åreladejern var i flittig brug; de
arme, i forvejen svækkede og blodfattige dyr måtte ofre
rigeligt af deres smule blod på videnskabens alter. Mange
af dem fik også hovene virkede ud eller fik dem raspede
foran for at give betændelsen luft, - alt sammen jo meget
godt, når blot diagnosen var rigtig stillet. Efter således i et
par dage at have udgydt en masse blod og givet nogle ret
intetsigende anvisninger forlod den berømte fanesmed

Lindenborg. En ublu betaling havde han forlangt og fået; Grabhorn var bange for, at han næste gang ikke kom unbesoffen hjem fra Randers. Men heste- og kvægsygdommene vedblev at plage baroniet, ja blev snarere værre i vinterens løb.

Til bekymringerne over hungersnød, fodertrang og kvægpest kom endelig sidst, men ikke mindst, sorgen over menneskenes sygelighed. Alle vegne hørte man, at folk lå syge. Vistnok beroede en del af tilfældene på forkølelse, men det blev snart tydeligt, at det var de forfærdelige sprinkler, der hjemsøgte egnen, - en frygtelig svøbe, snoet af svineri, ligegyldighed og snavs, fattigdom, mangel og sult svunget over den ulykkelige befolknings bøjede rygge af døden i egen person.

Alt syntes at skulle følge det ægyptiske skema; nu lod det til, at man stærkt nærmede sig til den sidste rubrik. Forholdene blev efterhånden ganske fortvivlede, der lå som en tåge af sorg og sløvhed over alt og alle. Dødsfald meldtes næsten daglig på godskontoret; læge blev aldrig hentet; hjælpeløse og ulindrede måtte de syge stride den sidste hårde strid. Men dette kunne umulig blive ved at gå; en dag sendte Grabhorn bud efter lægen fra Aalborg og bad ham køre rundt og se på godsets syge.

Lægen, landfysikus, dr. med. Johannes Lafont, kom en klar, streng vinterdag kørende ud til Lindenborg i sin nye, fine skejse; det velhavende, blanklakerede køretøj drog som et syn fra en anden verden alles øjne til sig, da det passerede landsbyerne ved vejen. Lægen, som Grabhorn hyppig havde truffet i sin aalborgske omgangskreds, var en fornemt udseende, yngre mand; fra sin gamle, fredericianske refugieslægt havde han arvet sin mørke lød og sin sydlandske livlighed. Efter en rundtur omkring i byerne sad han ved aftensbordet og meddelte Grabhorn sine indtryk af stillingen. De var mere farvede af aristokratisk foragt end af human medlidenhed.

”Deres undersåtter, min kære forvalter,” sagde lægen, idet han med elegante håndbevægelser fortærede et stykke af den veltillavede dyreragout, som Ann Sofi havde anrettet for herrerne, ”er fuldkommen umulige. En sådan samling af snavs og sygdom, hvortil kommer overtro og uvidenhed, har jeg aldrig set i mit liv. Jeg kom til at tænke på Augias' stald, som vi læste om, da jeg gik i den latinske skole. Der var ikke blevet muget i mangfoldige år, og Herkules måtte lede ikke mindre end to floder ind gennem den for at få den ren. Omtrent på samme måde må jeg desværre skildre Deres ærede baroni. Sprinkler har de halve og kønssygdomme de andre halve, det er et forfærdeligt roderi! Og De kan tænke Dem, hr. forvalter, jeg døjede mange steder med at få lov til at undersøge de syge; de sagde uden videre til mig, at hvo der skal leve, lever nok uden doktor eller medikamenter, og hvo der skal dø, dør, om så alverdens læger hentes til ham. Det er jo den rene tyrketro! - I det hele taget: denne almue! . . . Læser min hr. forvalter fransk?”

Grabhorn måtte indrømme, at hans smule kundskaber i dette sprog ikke tillod ham at læse franske bøger. Han kunne blot nogle enkelte vendinger, som var almindelig brugelige blandt dannede mennesker.

”Ja, men jeg læser meget fransk; jeg stammer, som hr. forvalter måske ved, fra huguenotter, som forlod Frankrig, da Ludvig den Fjortende ophævede Ediktet af Nantes. Min bedstefader indvandrede hertil og bosatte sig i Fredericia; men vi har holdt forbindelsen ved lige med vort gamle fædreland, og fransk har jeg altid regnet for mit andet modersmål. Jeg har studeret et år i Paris. Men det, jeg ville sige, var, at det i allerhøjeste grad har interesseret mig at se, hvor forskelligt vore to største skribenter, Voltaire og Rousseau, betragter almuen. Jeg læser et sted hos Voltaire følgende: Folket vil stedse vedblive at være dumt og barbarisk; det er en samling okser, der skal have åg, svøber og hø. Jeg har ikke indtryk af, at Voltaire ser med egentlig uvilje på almuen; men han mener, at det er nødvendigt, at den står under kommando og kontrol, og han mistvivler om dens evne til selvstændig udvikling. - Læser vi derimod Rousseau, får vi helt andre ting at høre: Almuen er nationens ædleste del, den lever jo naturen nærmest og er derfor mindst fordærvet. Giver man den blot frihed, - det er det, den mangler! - vil den udvikle sig på den herligste måde! Ja, tak skal han have for sine lyserøde billeder! Jeg indrømmer, at Rousseau skriver en henrivende stil og kan få de mest horrible påstande til at glide ned i folk; men jeg for min part har endnu ikke ladet mig fortrylle af ham, og jeg bekender, at jeg er hårdhjertet nok til at foretrække Voltaire."

"Ja, jeg," svarede Grabhorn, "kender som sagt ikke disse store skribenter på første hånd; men jeg har tit hørt doktor Struensee udvikle deres tanker og uddrage det bedste af dem begge, - og mon det ikke er vejen, vi skal gå: se på almuen med Rousseaus kærlighed og behandle den med Voltaires klogskab!"

Det interesserede i højeste grad lægen, at Grabhorn personlig kendte Struensee, og i stedet for at svare på forvalterens sidste bemærkning, gav han sig til at spørge ud om ham. Det var intet under, at han var videbegærlig på dette punkt; hele landet talte for tiden om doktor Struensee og hans eventyrlige opkomst: han var nu ved sin indflydelse på kongeparret og sin stilling i kongens kabinet blevet Danmark-Norges virkelige styrer.

Men medens den store statsmand og eventyrer derovre i rigets centrum skred stolt frem på sin risikable bane, sad hans lægekollega på et ensomt slot i en fjern provins og bedømte skeptisk hans skæbne:

"Ja, han er højt oppe nu," sagde doktor Lafont, og han tilføjede med dæmpet, fortrolig stemme: "men han knækker snart halsen!"

”Sig dog ikke det! Hvorfor skulle han det?”

”Det skal jeg gerne sige Dem, hr. forvalter! - fordi Struensee vil store ting, og her til lands holder man kun af de små ting! Overalt er det ikke til at begribe, at han vil spilde sin overdådige begavelse på dette slappe folk. Det er håbløst! . . Men nu må jeg bede om at få min vogn spændt for, så jeg kan nå hjem, mens det er månelyst.”

Grabhorn gjorde til sidst aftale med lægen om, at denne fremdeles en gang om ugen skulle besøge baroniet og øve tilsyn med de hårdest angrebne.

8

Nu var det endelig faldet, det slag, som Grabhorn længe havde ventet og været forberedt på lige siden det skarpe brud med Detlef Bock. Han så næsten aldrig avlsbestyreren, og al nødvendig forhandling imellem dem var siden bruddet foregået ad skriftlig vej; men som Grabhorn rigtig havde formodet, havde Bock indledt et angreb mod ham og ved breve til justitsråd Gondolatzsch samt ad andre veje bagtalt ham kraftigt over for baronen. Følgen var blevet den, at godsforvalteren en vinterdag, midt i sine andre bekymringer, modtog en drøj skrivelse, affattet af Gondolatzsch i baronens navn, fuld af bebrejdelser og sluttende med trusler. Af brevet fremgik, at Bock særlig havde klaget over hans hyppige aalborgrejser og lange fravær fra gården, - en klage, som Grabhorn, når han skulle være ærlig, ikke helt kunne afvise. Imidlertid gjorde

55

han, hvad han kunne, for at afsvække den; han skrev følgende forsvarsskrivelse:

"Nådige Hr. Skatmester og Baron!

Detlef Bock eller hvem andre det nu kan være, der har meddelt Deres Excellence, at jeg ofte rejser til Aalborg og opholder mig der flere dage efter hinanden, har ikke helt gjort sig skyldig i usandhed; thi jeg hverken kan eller vil fragå, at jeg i løbet af denne vinter har været adskillige gange i Aalborg; men jeg trøster mig til at påstå, at jeg aldrig er rejst derud uden i Deres Excellences anliggender, og jeg vil bevise dette, hvis det behøves. Man ved jo, at der hver måned skal gøres indbetaling på Amtstuen af ekstraskatten, og præsternes mandtalslister skal indleveres. Endvidere skal den kongelige kornskat af alle godsets bønder leveres på Amtstuen, hvorved forvalteren eller fogeden må være til stede, og det kan man ved vintertid ikke gøre færdigt på en dag.

Salt-, folke-, familie-, okse- og flæskeskat skal jeg også tage imod fra alle godsets bønder og indbetale på Amtstuen. Snart skal der leveres korn til købmanden, og en anden gang skal der udtages tømmer, f.eks. til ladebygningen og til mejeriet, - vil jeg have godt tømmer, så må jeg selv være til stede sammen med tømmermesteren, ellers sender man mig dårlige sager. Så en anden gang skal jeg præsentere soldater til landmilitsen, levere nogle andre i stedet for nogle, som er blevet syge; - imod forventning kasserer man mig så nogle af dem, og jeg bliver nødt til at skaffe andre i deres sted. En anden gang måtte jeg til Vendsyssel for at se på nogle køer; vejen falder igennem Aalborg, jeg kan ikke gøre rejsen på to dage, men er nødsaget til at bruge tre; jeg indretter mig på den bekvemmeste måde og bliver på udrejsen og på hjemrejsen en nat over i Aalborg. Endvidere: en anden gang holdes der auktion hos en falleret købmand over tømmer, deriblandt også egetræ, som kan anvendes til fodtømmer eller lede under laden; jeg regner med, at man kan få det billigere på en auktion, end hvis man skal købe det hos en købmand, og så må jeg ikke lade mig afskrække af en vej på halvtredje mils længde. Så skal jeg igen en anden gang sælge ost eller korn eller også akkordere med en skipper om fragt for smør og ost til København. Og atter en anden gang skal jeg gøre afregning med købmanden, der har fået vort korn. En anden købmand har fået vore oste, og vi har fået tømmer hos ham til opbygning af halvgården i Horsens og huset på Tulsted, - følgelig må jeg gøre op med ham. Der kunne endnu nævnes mange andre årsager, som kan nødsage mig til at rejse til Aalborg, som jeg nu ikke i øjeblikket husker, og som Detlef Bock vel ikke altid kan indse.

For øvrigt har jeg for længst forstået og har også berørt det over for Deres Excellence, at Detlef Bock kun spekulerer på at finde noget, hvorved han kan gøre mig ilde lidt hos Deres Excellence. Hvis Deres Excellence ville tro alt det han fortæller, så var der vistnok ikke så slet et menneske på jorden som jeg; thi Bock forstår til fuldkommenhed den usalige kunst at bagtale. Gud, min gode samvittighed og alle upartiske, rettænkende mennesker, som omgås med mig, skal tjene mig som vidner imod Bocks ondskabsfulde beskyldninger. Jeg sværger ved den almægtige Gud, at jeg ikke har gjort dette menneske, hvis hjerte er opfyldt af så meget ondskab imod mig, noget ondt, men tværtimod er kommet ham i møde med godhed og venskab, langt mere end han har fortjent. Skulle han nu få held med sit onde anslag: at bagtale og nedrive mig, så trøster jeg mig med, at min samvittighed giver mig det vidnesbyrd: Du har ikke gjort nogen uret!

Men lykkedes det den retfærdige og uskyldige Belisarius' fjender at berøve ham hans anseelse og hans ære, hvorfor skulle jeg så ikke kunne befrygte noget lignende;

dog det skal ikke mangle mig på trøstegrunde; der skal nok komme en tid, hvor sandheden bliver åbenbaret og uskylden sejrer, - sker det ikke her, så sker det visselig for domstolen, hvor vi alle skal aflægge regnskab.

Jeg vil ikke søge at hævne mig på Bock, men tværtimod så længe jeg lever, vise ham alt muligt venskab og bede himlen om, at han ikke må få ro i sin samvittighed, før han bekender sandheden."

Grabhorn sluttede brevet med at anføre et par eksempler på Bocks stridbarhed og umedgørlighed over for gårdens folk og henviste til, hvorledes han havde gjort stillingen uholdbar for den brave og redelige forvalter Lang, - og til sidst åbenbarede han for baronen historien med de 1.000 kurantdaler, der var blevet tilbudt ham som bestikkelse, hvis han ville befordre købet af von Dedens godser, men som han havde afvist med foragt.

Hele denne forsvarsskrivelse var både klogt affattet og formelt vellykket, og da de nærmestfølgende breve til Grabhorn fra København ikke berørte sagen med et eneste ord, kunne det se ud, som om det var lykkedes forvalteren glat at afslå angrebet og helt at generhverve sin herres tillid.

Men i virkeligheden kom baronens brev til fuldkommen at forfejle sin hensigt. Det var sendt som en velment advarsel og påmindelse for at kalde den unge mand tilbage til pligtens vej; men det kom, - hvad enten det nu skyldtes, at det var affattet for strengt, eller også at modtageren opfattede det forkert, - tværtimod til at drive ham længere ud, end han måske ellers ville være kommet.

Grabhorn kendte sin høje herre godt nok til at vide, at han ikke lod sig tilfredsstille ved ord alene, om de så aldrig var sat så godt sammen, men ville kræve beviser i gerningen; han var derfor forberedt på nu fremtidig at blive iagttaget med den skarpeste kritik ovre fra København, og når han så til med stadig skulle være udsat for Bocks angiveri, anså han det for umuligt i længden at holde stillingen. I virkeligheden havde han efter modtagelsen af formaningsbrevet tabt både tillid og lyst til sin gerning og, som hans natur nu engang var, slog han i en slags desperation ind på en letsindighed i sin hele færd, større end hidtil, en skødesløshed i sin gerning og en hensynsløshed over for sine omgivelser, som man ikke før havde iagttaget hos ham.

Bagved alt dette lå selvfølgelig den tanke, at hans tid på Lindenborg herefter kun ville blive kortvarig, og som hin husfoged i evangeliet var han klogelig betænkt på at bruge de sidste stunder af sin storhedstid til at betrygge sin fremtid. Forbindelsen med madame Gaaser, der mere og mere stod for ham som attråværdig, måtte snarest bringes i orden. Som forvalter på baroniet Lindenborg var han endnu en acceptabel bejler; som afskediget var han umulig i hendes samfundslag. Altså måtte der smedes, medens jernet var varmt.

At vinde Bente Gaasers hjerte og hånd var ikke vanskeligt. Hun var en endnu ret ungdommelig, livslysten kvinde, der havde været gift med en gammel, kedelig mand, som ikke havde gjort hende andet godt end at dø og efterlade hende sin formue, og hun var nu veloplagt til på ny at prøve ægteskabslykken, denne gang forhåbentlig med bedre resultat. Ganske vist levede hun i en hyggelig og fornøjelig enkestand hos sine kære slægtninge, Ole Christian og hustru, og hørte sammen med dem til byens bedste selskab; men hun kunne ikke nægte, at hun undertiden længtes efter igen at få sit eget hjem. Og der var nok, som ville dele dette med hende. Men når hun gennemgik dem, der her kunne være alvorlig tale om, vidste hun egentlig ingen, hun ville foretrække for Grabhorn. Ham havde hun hele tiden syntes godt om; rent ud sagt: ham holdt hun af; ham skulle det være. Hun kunne jo nok have både fundet

og fået en rigere og anseligere ægtemand; men for det
første havde hun selv, som hun mente, penge nok, og
dernæst var det jo ikke nogen ringe stilling at gå ind i, når
hun drog til Lindenborg; hun ville som Grabhorns hustru
blive ført ind i en omgangskreds, som svarede til den, hun
var vant til.

Da også Ole Christian og hans hustru billigede partiet,
tog hun glad mod Grabhorns tilbud; aftaler blev trufne;
der var vel en del praktiske forhold at ordne; men dette
kunne ske så betids, at trolovelse og bryllup kunne finde
sted ved forårets begyndelse.

Men Ann Sofi! Det var under de glat forløbende bryl-
lupsplaner den sorte plet, som bredte sig mere og mere
formørkende for Grabhorns øjne: hvorledes skulle han
afvikle forholdet til Ann Sofi? Og hvorledes kunne han
gøre det? Midt under alt det andet følte han stærkt, at hun
trods alt var hans rette mage her i verden, skabt for ham,
bestemt for ham, således at ingen anden kvinde kunne
blive det for ham, som hun var. Og dog måtte hun nu
ofres for det, som han kaldte større hensyn. Men han gru-
ede for tilståelsen over for hende; hans uro og usikkerhed
voksede; når han i denne tid, endnu mere end ellers, tog
hjemmefra, lå på gæsteri omkring på herregårdene og
somme tider flere dage ad gangen opholdt sig i Aalborg,
var det fordi han skyede det opgør med Ann Sofi, som jo
måtte komme og ikke kunne opsættes stort længere. Hun
på sin side bemærkede vel hans uro og irritable væsen,
men forklarede det for sig selv ud fra hans mange bekym-
ringer nu i nødvinteren og hans dårlige forhold til Detlef
Bock. Helt uden mørke anelser var hun dog ikke; men hun
undertrykte dem, - og således gik disse to mennesker hos
hinanden, tavse og fattige, - ja, når de tænkte på, hvor de
engang havde været jublende og rige!

9

Christen Nielsen var en ungkarl, som var født på Lindenborg Gods og var stavnsbundet til baroniet. Han var opvakt og forstandig, stærk og arbejdsdygtig og havde i nogle år tjent som ladekarl på Lindenborg. Han var nok værd at beholde, skulle man synes; men ikke desto mindre havde baroniet i Friderich Langs forvaltertid byttet ham bort til amtsforvalter, justitsråd Christensen på Klarupgaard for en karl, der var kyndig i huggehusarbejde, reparation af vogne, arbejdsredskaber osv., og som man mente at have mere brug for. Christen Nielsen tjente nu på Klarupgaard og stod meget højt anskrevet hos justitsråden, der havde givet ham den betroede stilling som ladefoged. Han var så godt som enerådende med hensyn til hovedgårdens drift, som justitsråden ikke tog sig meget af, da hans embede som amtsforvalter i Aalborg jo gav ham nok at tage vare på og nødte ham til mange fraværelser fra hjemmet.

Justitsråd Christen Christensen havde som oppebørselsbetjent samlet sig den formue, som havde sat ham i stand til i 1757 at købe Klarupgaard. Godsejer var han blevet, og tilmed herre på en af Jyllands rigeste besiddelser, en ejendom på omtrent 500 tønder hartkorn; men landmandspræget havde han ikke antaget, langt mindre lignede han en landjunker. Hans magre, spidse, altid frysende skikkelse passede bedre i et velopvarmet kontor end på hesteryggen eller i lange støvler ude på hans lerede hovmarker. Da han en martsdag 1771 havde givet Christen Ladefoged audiens, sad han da også i sin skriverstue i en slåbrok, en såkaldt rokkelore, klods op ad den store jernovn fra Bærum Værk, hvis omtrent tommetykke plader var opvarmede til en gloende hede.

Det, han ville drøfte med ladefogden, var det forestående forårsarbejde, ikke fordi det stod lige for døren, - deri manglede meget, vinteren trak længe ud; - men fordi han altid godt kunne lide at få en passiar om landbruget. Her var jo meget at betænke, og samtalen trak længe ud; men da det forretningsmæssige var overstået og ordnet som altid efter ladefogdens ønske, bød amtsforvalteren sin betroede mand tage sig en stol og stoppe sig en pibe; han ville nu tale lidt privat med ham.

”Du var jo hjemme i Brøndum i søndags; hvordan havde de gamle det, og hvordan ser det i det hele taget ud derovre på baroniet?”

”Det er vel omtrent ligesom her på godset, sygdom og elendighed er der jo alle vegne; men jeg tror dog, når det skal være, at vi har det noget bedre her på Klarupgaard. Og mine gamle forældre var helt forstyrrede; de græd fra jeg kom til jeg gik.”

”Men Herregud, hvad var der da i vejen?”

”Jo, sagen er den, at forvalteren på Lindenborg vil tvinge min broder Søren til at overtage den ene af de to ødegårde i Store Brøndum, og det mener jo både de gamle og Søren selv, vil blive til hans største elendighed og ulykke. Åh, Herregud i højen himmel, er der da ikke noget råd? Nu er han sagt til at møde på Lindenborg skriverstue næste onsdag; - det skulle da vel ikke være muligt, at justitsråden ville lægge et godt ord ind for ham, så han kan slippe for at tage gården?”

Justitsråden tyggede noget på det. Nogen medlidenhed havde han unægtelig med karlen, der sådan skulle tvinges til gården, - skønt han kendte ikke tilstrækkelig til forholdene; ladefogden glemte at fortælle ham, at der i hans hjem gik tre voksne sønner og drev, og at Grabhorn derfor kunne have en vis berettigelse til at anbringe den ene af dem ved noget nyttigt, - men det, der dog mest bevægede justitsråden til at gribe ind, var en slags vigtighed: han skulle nok vise den unge mand derovre, hvorledes man i vore dage humant administrerede et gods. Altså affattede og sendte han følgende skrivelse til Grabhorn:

"Jeg tillader mig herved at tale for min ladefogeds broder, Søren Nielsen, som De vil tvinge til en ødegård i Brøndum, den ringeste på hele baroniet. Bemeldte min ladefoged, som jeg formedelst hans tro og fornuftige forhold er meget forbunden, har indstændig begæret, at jeg vil nedlægge min intercession for hans broder, at han må være forskånet for denne gård, hvorved al hans verdens velfærd og lyst til at stræbe synes at være ude. Jeg synes, det er synd og imod samvittighed så hart at tvinge en brav karl, der ved anden lejlighed kan være godset til lige god tjeneste; jeg tør ikke nægte min intercession for ham, som jeg beder, må ikke tages i nogen måde fortrydelig, og overlader til min hr. forvalter, hvad De vil gøre; jeg er vis på, at hans excellence, hr. gehejmeråden accorderede min forbøn."

Hvis justitsråd Christensen selv havde troet på sit i brevet udtalte håb om, at hans henvendelse ikke måtte blive taget fortrydelig op, kom han til at lide en betydelig skuffelse; Grabhorn blev rasende over denne indblanding i hans affærer, særlig irriteredes han over nævnelsen af baronen i brevets slutning; han fik en forudfølelse af, at også justitsråden nu ville til at skrive angiverier mod ham, og i en slags desperation besluttede han, at så skulle han også få noget at skrive om. Karlen, det dovne drog, skulle have gården, og han skulle også læres til at bestille noget ved den! Og justitsråden med hans elskede ladefoged skulle lære for fremtiden at holde sin næse for sig selv. Han skulle for resten huske at fortælle doktor Lafont, at der var sådan en ædel discipel af Rousseau i Fleskum Herred!

På en af gårdene i Thorup By og Sogn henne ved Madum Sø sad Trine Madsdatter på sin afdøde mands fæste. Hun var nu en aldrende, ja egentlig snart en gammel kone, men passede dog fremdeles gårdens drift meget ordentlig ved hjælp af sine voksne børn, sønnen Selgen og to døtre. Allerede medens hendes mand levede, havde Trine på grund af sit utiltalende, skumle udseende og sin ondskabsfulde karakter været ilde lidt og nærmest skyet af naboerne, og efter at hun, siden mandens død, var trådt mere i forgrunden og havde fået mere råderum, var hendes rygte blevet stedse slettere.

Man beskyldte hende for nærighed, dårligt naboskab og ligefrem uærlighed, og hvad der var det aller værste, man anså hende for at være en heks, der både ved overnaturlige kræfter kunne skade sine medmennesker og desuden havde et godt nænne dertil. Ingen skøttede om at få besøg af hende og lade hende træde ind i en stald; thi man troede, at hun kunne kaste sygdom på kreaturerne ved blot at se på dem med sine onde øjne. Havde man i en gård der på egnen kalvekastning, ringe mælkeydelse eller vanskelighed med smørkærningen, lå det jo også nærmest at give Trines heksekunster skylden. Hun var selvfølgelig ikke uvidende om sit slette rygte; men hun var så langt fra at sørge derover, at hun tværtimod udnyttede den skræk, som omgav hende, til sin egen fordel. Ved en truende, skulende holdning eller ved ligefremme trusler og forbandelser havde hun mange gange sat sin vilje igennem både blandt sine bysbørn og over for fremmede.

Medens de to døtre havde ord for at være pæne og skikkelige piger, syntes det, at sønnen Selgen havde taget moderens slette anlæg i arv. Skønt han kun var midt i tyverne, var han allerede berygtet på hele egnen for usædelighed, druk og slagsmål. Man kunne nævne mere end én ung pige, som han havde bragt i ulykke, og skulle der være marked eller legestue, advarede alle ordentlige folk deres unge mennesker mod at give sig i selskab eller klammeri med ham. Som landmand gjaldt han imidlertid for at være ganske dygtig.

Trine Madsdatter havde nu besluttet at ville afstå fæstet til sin søn og gå på aftægt hos ham, og hun tvivlede ikke på, at hun ville kunne sætte denne ordning igennem på godskontoret. Hun skulle, efter hvad der blev fortalt Grabhorn, have ladt sig forlyde med, at hvis forvalteren ikke ville give Selgen fæstebrev på gården, skulle hun volde ham en ulykke, som han ikke skulle glemme i en fart, og satte baroniet en fremmed fæster på gården, skulle hun nok lave det sådan, at han ikke kunne være der. Hun gad se den, der turde drage ind i hendes gård imod hendes vilje, - enten hun så var levende eller død! Man gyste ved tanken; thi man udtydede denne trussel således, at hun ville fylde gården sådan med spøgeri, gengangeri og uheld i besætningen, at ingen kunne besidde den. Det ville blive et rent helvede!

Grabhorn havde allerede tidligere hørt adskilligt om det rædselsherredømme, som heksen i Thorup udøvede blandt sine omgivelser, og hertil kom nu hendes triumferende og truende ytringer i anledning af fæsteoverdragelsen. Han besluttede derfor, at han nok skulle vise kællingen noget andet og ville så ved samme lejlighed gøre sit til at bryde det åg, som overtroen havde lagt på befolkningen. Altså lod han Trine Madsdatter meddele kort og godt, at Selgen ikke kunne få gården efter hende; - hvis derimod en af døtrene kunne finde sig en flink og ordentlig kæreste og mødte med ham på godskontoret, ville han gerne unde dem fæstet. Samtidig stævnede han Selgen til at møde på Lindenborg skriverstue samme dag, som Søren Nielsen var tilsagt.

Da de to bønderkarle til den bestemte tid indfandt sig på Lindenborg og trådte ind i skriverstuen, så de der ikke alene forvalteren og skriveren, men tillige baroniets skytte, Christoph Ahrns, en pålidelig og mod Grabhorn velsindet mand, som forvalteren havde bedt om at være til stede, dels for at han i ham ved siden af skriveren kunne have et vidne, til hvad der forefaldt, dels måske også af anden grund.

Han var lige kommet og stod og talte med forvalteren, da karlene kom; fuldt udrustet som jæger i grønt vadmelstøj var han indsnøret og omspændt med mangfoldige læderremme og bånd, hvori hang bøsse, hirschfænger, jagttaske, krudthorn m.m. På Grabhorns opfordring lagde han dog en del af denne drabelige oppakning fra sig og satte sig, men bøssen havde han stående imellem knæene. Henne ved vinduet sad skriveren Jens Mortensen; hans øjne stod på stilke af spænding og nysgerrighed, og ved skrivebordet sad Grabhorn i en tilsyneladende skødesløs stilling. Foran ham lå en stor protokol, og ved siden af denne et svært halvlangt skydevåben, en såkaldt studser, en mellemting imellem en pistol og en karabin.

Både Søren og Selgen var velvoksne og kraftige karle, Søren lys og Selgen mørk; medens den første så tvær og dvask ud, havde den anden et ualmindelig frækt og trodsigt ansigt. Nogen forknythed var ikke at spore hos dem; de følte sig tydeligt nok afstivede, Selgen af moderens heksekunst, Søren af justitsråd Christensens brev.

Efter at hilsener var udvekslede, begyndte Grabhorn at tale, idet han bestræbte sig for at betone hvert ord klart og skarpt:

"Søren Nielsen og Selgen Christensen, hør nu efter hvad jeg siger: Jeg har bestemt, at I skal have de to gårde i Store Brøndum. I må selv enes om, hvem der skal have hvilken, eller også kan I jo trække lod om det; det skal jeg ikke blande mig i; men hovedsagen er, at I to skal overtage de to gårde, - og baroniet vil overlade Jer dem på følgende betingelser: Vi sletter alle restancerne og lader Jer komme ind uden indfæstning; landgilden er selvfølgelig som jordebogen udviser. Endvidere leverer vi fornødent tømmer til husenes istandsættelse, flyer Jer heste, så I kan rede en plov ud til pligtigt hoveri og Jeres eget forårsarbejde, samt forstrækker Jer med sædekorn og tærekorn til høst. Er I tilfreds med det? Går I ind på det?"

Efter nogen tids tavshed lød der fra Søren et dybt og brummende nej, medens Selgen i en ubehagelig og studs tone råbte: "Aldrig i verden tager jeg imod den rådne gård!"

"Hvad siger du?" udbrød Grabhorn, "jamen er I da fra forstanden, karle, tror I, der er et menneske i hele kongeriget Danmark-Norge, der får gårde tilbudt på sådanne betingelser? Men for resten er det ikke: om I vil; men I skal!"

Selgen for op: "Lige meget, lige meget, vi tager ikke de gårde, det er Søren og jeg enige om." Søren nikkede med sit tunge hoved, og Selgen fortsatte, "og jeg skulle hilse og sige fra min moder, at forvalteren skal betænke, hvad han gør; bruger han tvang, skal han komme til at fortryde det!"

Grabhorn rejste sig op og råbte: "Truer du, din hund! Det kommer du ikke langt med; her er vi hverken bange for dig eller for din moder, den forbandede heks. Jer skal vi nok mønstre! og ligesådan dig, din tvære stud!" tilføjede han med et vredt blik på Søren, som særlig havde irriteret ham ved sin tavse og seje ro.

Selgen var nu mørkerød og fordrejet i ansigtet af raseri. Grabhorn så, at han pludselig tog ind på brystet, sandsynligvis for at fremtage den tollekniv, hvormed han plejede at slås på markederne. Og ganske rigtig. Men så snart kniven blinkede i hans hånd, greb Grabhorn studseren, skytten sprang til med sit gevær, og på forvalterens anden side stillede skriveren sig med en gammel sabel, som de havde stående på skriverstuen, og som den unge mand fandt ypperlig passende til den dramatiske situation.

"Slip kniven!" befalede Grabhorn skarpt og pegede efter ham med studseren, "eller du skal komme til at ligge på dine gerninger!"

Over for skydevåbnene holdt Selgens ellers så hårde mod ikke stand; kniven faldt klirrende på gulvet.

"Nå sådan," fortsatte forvalteren, "I lader til at være farlige at have i en stue; men nu skal I nok få et andet lille værelse at opholde Jer i, hvor I kan blive svalede af!"

Han lod derpå skytten, skriveren og staldkarlen føre de to bønderkarle over i hovedbygningens kælder, hvor de blev spærret forsvarligt inde i fængselskælderen under det sydøstlige tårn, et mørkt og uhyggeligt opholdssted, som kun fik lys gennem et par skråt opadgående tragtformede gennembrud i de favnetykke ydermure; disse lysåbninger, som yderst ude kun var nogle få tommer i diameter, mundede i højde med jordens overflade ud imellem tårnfodens kvadersten; hvælvingen hang tung og lav over fangernes hoved, en jernbeslået egetræsdør ud til gangen og en lignende ind til den næste kælder blev selvfølgelig spærrede med lås og slå, og således sad Selgen og Søren værgeløse, hjælpeløse og håbløse i deres underjordiske rum.

Grabhorn lod staldkarlen lægge et par halmbrøndinger og nogle viller hø ned til dem til natteleje og lod tjenestepigen Lisken bringe dem nødtørftig mad og drikke; men ellers skete der i dage og uger ingen forandring i deres skæbne.

10

Nu måtte vinteren da endelig snart slippe sit tag. I omtrent fire måneder havde den holdt mennesker, dyr, planter, hele naturen, i sin hårde klemme og knuget alt næsten til døde; men nu var man da heldigvis nået hen til april, og dagen og solen var begyndt at få magt. Sneen var også på de fleste steder så godt som borte; men det frøs endnu hårdt om natten. Dette begyndende forårsvejr med skarpt solskin om dagen og streng kulde om natten var en stor ulykke for vintersæden og forsinkede både græsningen og forårsarbejdet. De arme kreaturer, som knap kunne hænge sammen af sult, trængte hårdt til at komme på græs; men hermed syntes det at have lange udsigter.

En dag ved middagstid var Ann Sofi gået op i ladegården for at hente smør og mælk; hun stod netop og talte med den unge hollænder Schack, der beklagede sig over, at det var småt med foderet, han havde nu kun havrehalm tilbage at give køerne, og de havde da også i den senere tid slået meget af på mælken. Når det stod således til på hovedgården, hvor man havde det store forråd af tiendekorn at tage af, kunne man slutte sig til den fodertrang, hvorunder bøndergårdene måtte lide.

Ann Sofis samtale med Schack blev imidlertid afbrudt af Detlef Bock, som kom gående og ved sin nærværelse hurtig bragte hollænderen til at forsvinde; forholdet imellem disse to funktionærer var nemlig i høj grad spændt. Med stor høflighed og tilsyneladende venlighed hilste Bock på Ann Sofi og ledsagede hende et stykke ned ad alleen til borggården.

"Er godsforvalteren kommet hjem?" spurgte han.

"Nej, endnu ikke," svarede husholdersken dybt ulykkelig; thi han havde nu været borte i tre dage, og hun vidste ikke, hvor han var; formodentlig var han jo i Aalborg.

"Det er forskrækkeligt med det menneske," vedblev Bock, "han må jo da kunne indse, at det aldrig i evighed kan blive sådan ved. Han er jo aldrig hjemme; Jens Mortensen sidder alene på skriverstuen; det hele må gå, som det bedst kan. Man skulle ikke tro, at manden var rigtig klog."

Ann Sofi var ganske værgeløs over for dette og vidste ikke, hvad hun skulle svare. Grabhorns flakken og farten om var i virkeligheden i den sidste tid gået over alle grænser. Tit var han i Aalborg tre-fire dage ad gangen, sendte bud hjem efter sit selskabstøj, levede i sus og dus, dansede og spillede kort; var han så endelig hjemme, havde han et ordknapt og nervøst væsen, som indgav Ann Sofi de mørkeste tanker.

"Nå," vedblev Bock skånselsløst, idet han med et lurende blik mønstrede den unge pige, "der falder vel noget mere ro over ham, når han nu bliver gift."

"Gift!" udbrød Ann Sofi ubehersket, skønt hun havde sat sig for ikke mere at svare på eller ænse Detlef Bocks bemærkninger.

"Ja, ved mamsellen ikke det? Han skal jo giftes med den rige enke inde hos Ole Christians, konens familie, hende de kalder madame Gaaser, og jeg indrømmer, at har han først hende og hendes penge, så kan han være lige glad med godsforvalterpladsen her på Lindenborg. Men det er vel også det, han regner med!"

Bock så med tilfredsstillelse, hvorledes pigen formelig vred sig af smerte, og tilføjede ondskabsfuldt som et sidste stik:

"Au, det skulle jeg måske ikke have sagt; men tho, mamsellen får det vel snart at vide alligevel. Nu kan det jo være, at den lille Ann Sofi kommer til at fortryde, hvad hun svarede mig i fjor engang, da vi talte sammen oppe på Blåhwæs; - men nu er det bagefter, Deern, hun skal ikke tro, at jeg har i sinde at samle forvalterens aflagte kærester op."

Med disse ord drejede han sig fra den rystende og grædende pige og gik spankende tilbage ad alleen op mod ladegården.

Ann Sofi gennemled og gennemstred nogle forfærdelige timer, indtil Grabhorn kom hjem hen på eftermiddagen. Straks da han var trådt ind i stuen, stod hun frem for ham med sit ophidsede og forgrædte ansigt, hendes ord snublede og faldt over hinanden:

"Er det sandt, hvad Detlef Bock siger? Skal du giftes? Har du været i Aalborg hos madame Gaaser? Åh Gud, hvad siger jeg - jeg ved ikke af mig selv! Kæreste, eneste ven, svar mig dog!"

Den onde samvittighed skulede ud af ham; men han sagde intet.

"Det er da vel ikke sandt," hulkede Ann Sofi, "sig, at det ikke er sandt! . . . Kæreste, kæreste ven! Du vil da vel ikke svigte mig, du vil da vel ikke forlade mig! Husk på alt det gode og dejlige, vi har haft med hinanden...Svigt mig ikke! for hvad skal der så blive af mig . . . Nu går jeg her og skal have et barn, glem dog ikke, at du er far til det!"

"Jeg. . . far til det!" sagde Grabhorn tøvende, usikker; men derpå hård: "Det er vel ikke så sikkert; det kan vel lige så godt være Detlef Bock, som du har så meget snak og fortrolighed med."

Grabhorn skammede sig over sig selv, idet han sagde dette. Men det blev sagt. Og med disse ord dræbte han Ann Sofi, først hendes sjæl og så hendes legeme.

Med stivnet ansigt og unaturligt opspilede øjne hørte Ann Sofi på hans ord, udstødte derpå et højt skrig, sank ligesom ned i sig selv, drejede sig halvt om og faldt sidelæns, slog hårdt mod gulvet og blev liggende ubevægelig. Grabhorn sprang til, bøjede sig ned til hende, klappede hende, kaldte på hende, - alt forgæves: hun vedblev at ligge bevidstløs hen. Han styrtede da ud af stuen og råbte på tjenestepigen Lisken, som straks kom springende. De bar Ann Sofi ind på hendes værelse og lagde hende på sengen.

"Lad mig," sagde Lisken, "sådan noget forstår forvalteren sig ikke på!"

11

Lisken, Ann Sofis hjælpepige, var af et langt grovere menneskeslag end husholdersken. Skønt hendes skikkelse var stærkt kvindelig udpræget, var hun høj og kraftig som et mandfolk; slid og slæb havde holdt hende mager og senestærk. Det brune ansigt vat uskønt, men ikke just frastødende; håret vældede ud af hendes hoved, tykt og svært som en hestemanke, det kneb hende hårdt at få det tvunget ind i fletninger. Hun havde små, sorte øjne, der på forunderlig vis kunne skifte udtryk imellem venlig trofasthed og underfundig luren. Venligheden kom mest frem, når hun så på Ann Sofi, hvem hun var uendelig hengiven som det eneste menneske, hun havde truffet, der havde vist varig godhed imod hende. I almindelighed var Lisken ikke afholdt, hun regnedes for en slem havgasse, og der sad unægtelig også en farlig mund på hende. Stærk var hun jo både på legeme og sjæl; hun havde flere gange oppe i Lindenborgs lade øvet den kraftkunst: stående i en skæppe, altså med samlede ben, at løfte en tønde rug op på sine skuldre; men hvad der endnu mere imponerede hendes omgivelser, var hendes mod og nervekraft; hun havde engang, for at vinde et væddemål, ved midnatstid begivet sig op til Blenstrup Galgebakke, hvor de afpillede rester af en henrettet forbryder hang og dinglede i galgen. Gud Fader bevar os, - at hun turde!

Lisken tumlede noget med den bevidstløse Ann Sofi, holdt et stykke kamfer under hendes næse og løste hendes tøj og hår. Efter nogen tids forløb havde hun den glæde, at patienten ligesom vågnede op; men hun stirrede vildt om sig, stønnede og skreg. Efterhånden lod det dog til, at hun ville falde til ro; Lisken afførte hende så hendes kjole og sko, men lod hende ligge i undertøjet. Hun sad trofast og vågede over hende et par timer; den syge lå nu tilsyneladende i dyb søvn. Lisken gik så ind til sig selv, gik i seng og sov til lidt over midnat, da hun vækkedes ved at høre noget røre sig ude i slotsgården. Hun sprang op, løb til vinduet og stirrede ud; - hun stod i den bare særk med nøgne fødder på det klamme lergulv i det kolde værelse; - men det var ikke noget af alt dette, som gennemisnede hende og ligefrem lammede hende; - det var rædsel over det syn, som nu åbenbarede sig for hende. Selv hendes prøvede mod strakte ikke til i dette forfærdelige øjeblik. Borggården deltes ved en skarp linje i en månebelyst halvdel ovre ved nordfløjen og en sydlig halvdel, der lå i skyggen fra hovedfløjen, og frem og tilbage over denne linje, snart i mørke og snart i usikkert månelys, gik en kridende hvid skikkelse med udslået hår, der flagrede i blæsten. Dens fodtrin lød klaprende mod den hårdtfrosne jord. Lisken var ved første øjekast ikke et sekund i tvivl om, at hvad hun her så, var Friherreindens genfærd; hun havde jo hørt fortælle de hundrede gange, at netop sådan var det, at den døde frue åbenbarede sig på sin gamle gård: med udslået hår og klaprende tøfler!

Men Lisken havde ikke været sig selv, hvis hun ret længe var blevet stående således rædselsslagen; hendes selvhævdende natur rejste sig uvilkårlig til modstand mod ethvert forsøg på legemlig eller åndelig overvældelse, hun tvang viljestærk sine nerver til ro og stirrede med skærpet blik på den gådefulde skikkelse derude i borggården, og pludselig gik det op for hende, at det var den ulykkelige Ann Sofi, som havde rejst sig af sin seng, og som i sit hvide undertøj og med kortovrede træsko på fødderne vandrede forstyrret om i den kolde frostnat. Lisken slog lidt tøj om sig, fik hende hentet ind og bragt i seng på ny; men Ann Sofi var nu fuldstændig sindsforvirret, talte vildt, græd, skreg, nynnede og sang imellem hinanden. Lisken vågede over hende resten af natten. Således gik det i flere døgn; om dagen lå hun som dødssyg i sengen, om natten sprang hun op og gentog, når Lisken ikke holdt vagt over hende, sin uhyggelige nattevandring. Det kunne ikke undgås, at flere så hende, og troen på Friherreindens gengangeri blev herved stærkt opfrisket og udbredt rundt om på egnen.

Liskens styrke og udholdenhed blev i denne tid sat på en hård prøve. For det første måtte hun passe både sit eget og Ann Sofis arbejde i husholdningen, og dernæst fik hun alt for lidt nattesøvn, da hun for det meste måtte våge den halve nat over Ann Sofi, når denne var urolig og ville flakke omkring. Lisken, som jo magtede mere end de fleste andre, holdt dog utrolig godt ud, men engang imellem vandt legemets trang til hvile dog overhånd, og hun faldt i en stenhård søvn. Således måtte det være gået til den nat, da Ann Sofi løb bort, og Lisken om morgenen fandt hendes kammer tomt. Hun syntes denne gang at have klædt sig helt på, hendes sko og overtøj var intet steds at finde, og hun selv var sporløst forsvundet. Lisken, som var fuld af selvbebrejdelser, gennemsøgte på det nøjeste hele borggården og dens nærmeste omgivelser; om formiddagen var også flere andre ude at lede, men alt forgæves.

Sidenhen oplystes det imidlertid, at Ann Sofi tidlig på morgenstunden havde givet sig på vej til Aalborg og henne imellem Fjellerad og Gunderup var kommet op at køre med en bonde, som ganske vist havde undret sig over, at den velklædte pige således ville begive sig til fods til købstaden, men som ellers ikke havde mærket noget særligt ved hendes væsen og tale.

Efter sin ankomst til Aalborg var Ann Sofi straks gået til Ole Christians gård og havde anmodet om at få madame Gaaser i tale. Over for hende havde hun derpå i en lang samtale lagt alting åbent frem, sit langvarige forhold til Grabhorn, hvem hun nu snart skulle føde et barn, sine forhåbninger om at skulle leve sit liv med ham og meget, meget mere, - alt sammen ret roligt og behersket; men pludselig var der i hendes øjne kommet et glimt af had, hun stirrede vildt og ondt på den i forvejen dybt rystede dame og udråbte de hårdeste bebrejdelser imod hende, fordi hun havde taget hendes kæreste fra hende. Helt ude af sig selv styrtede hun til sidst ud af døren, ud på gaden. Her flakkede hun planløst om.

Halvt fremsagde hun, og halvt sang hun efter en selvlavet melodi:

> En kjærrest å ven hår A hat mæ;
> men no hå han hielt fåladt mæ,
> mi kjærrest hå slånn mæ fejl.
>
> A trykket ham tit te mit bryst
> te hans å mi ejen lyst;
>
> men jen o di fiin vild ha ham
> å skammet sæ it for å ta ham.

A trowt, A sku blyw te en froww
å sku bo i den pæneste stoww,

å næe A sku uj å rejs,
sku A sedd i den fineste skejs.

Men no æ mi bej fløwn hen,
A sii dem olle ijen;
mi kjærrest hå slånn mæ fejl.

Hendes forstyrrede væsen vakte naturligvis almindelig opsigt, og snart var hun omringet og fulgt af en hel flok nysgerrige. Øvrigheden greb ind, og efter dennes forhandling med Ole Christian blev hun om aftenen sendt hjem med en tilfældigvis hjemvendende vogn, hvis kusk fik pålæg om at sige på Lindenborg, at man fremtidig måtte passe bedre på det vanvittige menneske.

Bente Gaaser havde naturligvis straks meddelt sine slægtninge, hvad Ann Sofi havde åbenbaret hende, og i de følgende dage undersøgte Ole Christian sagen nøjere, hvilket ikke faldt ham vanskeligt, da han som den store købmand havde talrige forbindelser ude i omegnen. Han fik nu af forskellige pålidelige mænd den enstemmige besked, at Ann Sofi almindelig ansås for at være Grabhorns elskerinde, og at den unge forvalter ganske vist var en yndet og elskværdig selskabsmand, men næppe var synderlig pålidelig eller respekteret. Efter grundig at have drøftet hele stillingen med madame Gaaser, afsendte han så på hendes og egne vegne følgende brev til Lindenborg:

Såre ugerne tager jeg mig for at tilsende Deres velædelhed nærværende skrivelse; men jeg føler mig drevet dertil af tvende højst nødvendige årsager: først den pligtfølelse, som må besjæle ethvert rettænkende menneske,

og dernæst en anmodning af min hustrus slægtning, madame Bente, salig Gaasers, hvem der er blevet forebragt visse oplysninger, som har stillet Deres velædelhed i et andet lys end det, hvori hun hidtil har set Dem og kunne have ønsket vedblivende at se Dem. I følge deraf har nævnte madame Bente anmodet mig om at give hr. forvalter til kende, at hun betragter samtlige Deres velædelheds med hende skete aftaler som ganske og aldeles bortfaldne, hvilket er hendes sidste ord. Samtidig skal jeg for mig selv tilføje, at jeg ikke vil være at få i tale for hr. forvalter på privat grund; men kun, hvis handelsaffærer skulle gøre det uomgængelig nødvendigt, på mit kontor, og forbliver min tidligere hr. vens
ærbødige tjener
O. Chr. Holm.

Ann Sofis sindssygdom syntes efter hendes udflugt til Aalborg at være blevet betydelig forværret. Hun blev stadig vanskeligere at holde styr på, og skønt Lisken gjorde sig den yderste umage for at våge over hende, lykkedes det hende dog alligevel trods alt at snige sig bort og gentagne gange drage til Aalborg, hvor hun på ny vakte opløb ved sin vilde sang og sit forstyrrede udseende. Hun blev efterhånden en i byen velkendt uhyggelig fremtoning, som gik under navnet "den gale pige fra Riise".

Men dette uvæsen kunne naturligvis ikke tåles i længden. En dag sidst i april lod byfoged Nascou i Aalborg Ann Sofi transportere hjem til Lindenborg af en betjent, som medbragte følgende til godsforvalteren stilede brev:

Deres velædelhed skulle jeg herved fra politiet i Aalborg købstad tjenstærbødigst have anmodet om at ville hensætte den her med tilbagesendende, på Lindenborg hidindtil tjenende pige, Ane Sophie Jensdatter, kaldet den gale pige fra Riise, i sikker forvaring, indtil den pågæl-

dende kan vorde overført til Viborg Dolhuus, hvilket for
længst burde være sket, da politiet ej længere kan tillade
nævnte forrykte kvindepersons forargelige omstrippen og
forstyrrelse af stadens vedbørlige ro. Jeg forbliver min hr.
forvalters ærbødige tjener
Søren Nascou.

Ole Christians skrivelse var for Grabhorn et forfærde-
ligt slag, sårende for hans ære og skæbnesvangert for hans
fremtid. Bruddet med den før så venligtsindede familie
opfattede han med rette som ulægeligt; han så nu sig selv
som en slagen mand, hvis beregninger var viskede ud som
et fejlagtigt regnestykke på en skoletavle; - thi det var jo
sandt at sige beregninger og ikke følelser, der havde nær-
met ham til Bente Gaaser. Og nu kom byfogdens brev og
pålagde ham en slags bøddelgerning over for den kvinde,
han havde elsket og svigtet; men som han nu i sin uret-
færdige harme så på som en ulykkesfugl, der hævngerrigt
havde ført al denne elendighed over ham.

Han gav ordre til at indsætte Ann Sofi i en fangekælder
ved siden af den, hvori bønderkarlene sad. De to fængsler
var forbundet med en dør; men denne var forsvarlig spær-
ret og lukket med lås og slå. Lisken bar Ann Sofis seng
over i fangekælderen og passede hende også der med
rørende omhu; Grabhorn undgik så vidt muligt at se hen-
de.

12

Den 30. april var det Grabhorns fødselsdag. Den var det foregående år blevet fejret med et stort gilde på Lindenborg, en sjælden vellykket fest, hvor alt havde været liv og lystighed, og man ventede, at han også nu ville samle sine mange omgangsvenner fra by og land og som den gæstfri vært berede sine venner en glad dag og en lystig aften. Men selvfølgelig havde de netop lige før dagen indtrufne begivenheder berøvet Grabhorn al lyst til at holde fest; af den livsglæde, som før havde strålet ud af ham, var der ikke noget tilbage, nu ønskede han kun at være ene med sig selv og sine sorger. På den anden side syntes han alligevel, at han næsten var nødt til at holde fødselsdagsgildet, dels fordi adskillige på forhånd var indbudte, og det ville vække opsigt, hvis de nu fik afbud, dels fordi han på trods ville vise sine omgivelser et glad ansigt, og endelig fordi han skyldte mange mennesker gengæld for den udstrakte gæstfrihed, han havde nydt på hele egnen lige siden sit komme.

Altså blev det trods alt fastholdt, at dagen skulle fejres som året i forvejen, indbydelser udsendtes eller fornyedes, forberedelser blev truffet i stor stil, fisk blev skaffet til veje fra Madum Sø, Christoph Ahrns sørgede for at nedlægge en buk, den berømte kogekone fra Fjellerad blev hentet, da man ikke tiltroede Lisken, som nu var husholderske, tilstrækkelig dygtighed i den finere madlavning, og Peder Haarboe fik bestilling på at levere den fornødne vinforsyning. Da dagen kom, var alt således i bedste orden til at modtage de indbudte.

Hovedbygningen på Lindenborg, en af Jyllands betydeligste renæssancebygninger, opført 1583 at Korfits Viffert og hans hustru Anne Gyldenstjerne, havde siden Friherreindens død 1688 stået ubeboet. Hverken Danneskiold Samsøerne eller grev A. G. Moltke havde slået sig ned på denne fjerne og i deres øjne mindre betydningsfulde ejendom; men følgen var blevet, at bygningen, da skatmesteren år 1762 købte baroniet, nærmest måtte betegnes som en ruin. En gennemgribende restaurering var derfor bydende nødvendig og blev i 1764 på besidderens vegne foretaget af godsforvalter Friderich Lang. Huset mistede derved det meste af sit oprindelige præg, man kunne sige alt det artistiske og renæssanceagtige. Det stod nu berøvet sin pynt, men til gengæld fornuftigt og nøgternt, holdbart og tæt på tag og fag, understrøget, spækket og hvidtet. På det indre blev der ikke ofret synderligt, det var med sine umalede bjælkelofter og hvidkalkede vægge tomt og for det meste ubenyttet.

Engang imellem, som nu for eksempel ved denne fødselsdagsfest, tog dog godsforvalteren, som jo ellers havde sin bolig i nordfløjen, den store sal i stueetagens vestende i brug.

Grabhorn modtog sine gæster i den store gennemkørselsport, som imellem de to karnapper førte igennem hovedbygningen. Man gik herfra ind i forhallen og fra denne ind i den store festsal.

Det var et ret stort antal gæster, som her var samlet; men Grabhorn havde lidt den pinlige skuffelse, at alle de indbudte aalborgensere havde sendt afbud; - han antog ikke uden grund, at der fra Ole Christians hus havde bredt sig en fjendtlig stemning imod ham. Fra Aalborg var kun mødt doktor Lafont, som havde været baroniet rundt på sygebesøg, og som efter gentagne anmodninger blev på gården og tog del i festen. For øvrigt bestod selskabet af egnens herremænd samt baroniets præster og dets birkedommer. Traktementet var fortræffeligt, og stemningen ved bordet blev efterhånden meget lystig. Lindenborgs nærmeste nabo, Jens Jørgen Fædder på Refsnæs, udbragte i sirlige ord fødselsdagsbarnets skål, hvorpå Grabhorn takkede ham og alle sine gæster for godt naboskab og venskab, men bad om, at man i stedet for at hylde ham ville tømme en skål for stedets høje herskab, hans excellence, gehejmeråd, lensbaron v. Schimmelmann, som den egentlige vært, hvis gæstfrihed man kunne takke for denne festdag. Den smukke og taktfulde måde, hvorpå forvalteren skilte sig fra denne tale, blev almindelig beundret.

Lægen Lafont sad og underholdt sig med Friderich Buchwald, den eneste af selskabet, som han ærlig talt regnede for sin jævnbyrdige i intelligens og kultur; de øvrige landlige personligheder betragtede han nærmest som genstande for et studium, der i øvrigt interesserede ham ikke så lidt. Han anså sig selv for at sidde inde med et gennemtrængende blik og stor menneskekundskab og takserede hurtigt alle sine bordfæller, en bedømmelse, han delvis beholdt for sig selv og delvis lod Buchwald nyde godt af med små spydige bemærkninger.

Da måltidet var endt og bordet afdækket, blev der fremsat kridtpiber og tobak samt yderligere vinforsyning og punch, og nu begyndte efter præsternes afrejse det egentlige drikkegilde, som - dog uden usømmelig overdrivelse - fortsattes hele aftenen, sammen med kortspil og sang. Grabhorn, som i sin uligevægtige tilstand for at stramme sig op havde drukket rigeligt, men på ingen måde var beruset, foreslog, at selskabet skulle forsøge lykken med et parti rouge et noir, hvad der fandt almindelig tilslutning i den nu meget lystige kreds. Ganske vist var der for ikke særlig lang tid siden, i Frederik den Femtes tid, udgået et meget strengt forbud imod hasardspil; men det blev der almindeligvis ikke taget noget hensyn til, og spil, undertiden også højt spil, var navnlig i Jylland overordentlig udbredt. Grabhorn selv holdt bank; men ved fastsættelsen at spillereglerne vakte det en del opsigt, at den unge Friderich v. Arenstorff fra Visborggaard heftigt protesterede imod at spille så højt, som Grabhorn foreslog. "Det er der ingen af os, som har råd til!" erklærede den ellers stilfærdige unge mand i en meget bestemt tone, og man rettede sig efter ham på en måde, der viste, at man trods hans unge år havde en ikke ringe agtelse for ham.

Lafont studerede den unge adelsmand, som ikke tidligere havde interesseret ham synderlig; han så jo ganske almindelig ud, stor og klodset, meget landlig, ikke på langt nær den kavaler som Buchwald; men der lå en alvor og modenhed i hans ansigt, som lægen først rigtig forstod, efter at Buchwald havde givet ham nogle korte oplysninger om Arenstorffs triste barndoms- og ungdomsår: om hans faders samliv med sin elskerinde, den franske mamselle på Visborggaard, mens moderen, som var sindssyg eller i hvert fald udgaves derfor, sad indespærret, og sønnen, forkuet og fordømt, gik for lud og koldt vand. Hans sværmeriske kærlighed til den mishandlede moder havde holdt ham oppe, bevaret ham for fristelser og lagt alvor ind i hans sind, - han tegnede til at blive en sjælden brav og retskaffen mand.

Kortspillet kom altså kun til at dreje sig om ganske beskedne indsatser, men fortsattes dog under stor morskab til over midnat. Den store sal havde efterhånden fået et temmelig uryddeligt udseende, halvt og helt udrøgede kridtpiber lå henkastede overalt, bordene stod fulde af tomme flasker. Grabhorn råbte på Lisken, som stod for opvartningen, og befalede hende at samle alle de tomme flasker sammen i en kurv og bringe nogle nye op fra vinkælderen.

Da Lisken gik hen ad kældergangen med lygten i den ene hånd og kurven med de tomme vinflasker i den anden, standsede hun med et ryk uden for Ann Sofis rum, hvorfra hun hørte høje skrig. Hun forstod øjeblikkelig, hvad der var sket: karlene, som ved deres lange indespærring var blevet både vilde og gale, havde brudt døren op ind til

Ann Sofis kælderhvælving og var nu ved at overfalde hende. I hast greb Lisken nøgleknippet, som hang ved hendes bælte og lukkede sig derind. Hun så da Selgen ligge på gulvet og brydes med Ann Sofi, som vred sig og værgede sig med næver og negle, idet hun stønnede og hvinede. Ved at se og høre dette kom Lisken i et fuldstændigt raseri, hun greb en af de svære bourgogneflasker i sin kurv og slog dermed af al sin magt Selgen i tindingen, så at flasken knustes, og karlen med et brøl væltede om på siden og blev liggende bevidstløs. Smidig og rask som en kat sprang Ann Sofi op fra gulvet, rystede sig som efter en dukkert og løb bagom Lisken ud ad døren. I det samme styrtede Søren ind fra tårnfængslet igennem den opbrudte mellemdør og gik løs på Lisken som en brølende løve; også han var fuldkommen vild. Men mod ham brugte den djærve pige det frygtelige våben, hun endnu stod med i hånden, den skårede flaskehals, og med den tildelte hun ham en flænge, som fra den ene kind gik langt ned ad halsen. Medens karlen et øjeblik stod stille, forfærdet over den stærke blodstrøm, som brød frem, lykkedes det også Lisken at slippe ud og få døren ud til kældergangen smækket i for fangerne. Selgen syntes nu at være kommet til sig selv igen, man hørte hylen og banden af dem begge to derinde fra. Men Ann Sofi var forsvundet.

I Liskens ærlige hjerte fødtes der i denne stund et koldt og grumt had, - ikke imod de to stympere derinde i hundehullet. ”Lad dem kun bande og sakkentere,” tænkte hun, ”de har godt af det, de har fået, lad dem kun komme af med noget at deres grimme blod!” - nej, mod Grabhorn! Hun følte den inderligste lyst til at gå op i det store selskab, vise ham flaskehalsen og råbe, så alle kunne høre det: ”Den her flaske har jeg slået i stykker på Selgen og Søren, for ellers var din kæreste blevet voldtaget dernede i hundehullet!”

Men hun gjorde det naturligvis ikke.

Selvfølgelig så hun noget ophidset ud, du hun kom op i festsalen med vinen, og hendes ene fletning var revet op; men hverken Grabhorn eller gæsterne lagde i deres lystighed mærke dertil. Efter endnu et solidt måltid skiltes selskabet hen ad morgenstunden.

Lisken ville have fortalt Grabhorn om det skete og have ham til at sætte eftersøgning i gang efter Ann Sofi; men han var ærlig talt ikke skikket til andet end til at komme i seng. Det samme var tilfældet med Lisken selv, om end af andre grunde; hun var dødtræt, ikke alene efter sit arbejde i anledning af festen, men mere på grund af spænding og sindsbevægelse. Ikke desto mindre gik hun med en tændt lygte hele borggården rundt og ledte efter den forsvundne, - men forgæves.

Heller ikke de eftersøgninger, som fandt sted de følgende dage, gav noget resultat.

13

Tre dage efter fandtes Ann Sofi druknet i åen. Efter at være sluppet bort fra Selgen var hun, som man måtte formode, sanseløst flygtet ud af gården og var i sin sindsforvirrede tilstand enten sprunget ud eller styrtet ud i et høl lidt oven for broen. Liget var derfra af strømmen blevet drevet ind imellem nogle siv på lavt vand og lod sig uden besvær ved hjælp af en brandhage trække op på åbredden. Klæderne var forrevne, dels som en følge af kampen i fangekælderen, dels af brandhagen, hendes dejlige hår hang opløst om hovedet, ansigt og hals var forkradsede af

Selgens hænder, og blå, blodunderløbne mærker viste, hvor hårdt der var taget på den ulykkelige pige.

Det var hvad der var tilbage af den smukke Ann Sofi, hele baroniets stolthed og gårdens pryd.

Liget blev båret op i borggården og foreløbig lagt på et lad i vognremisen, for at det lovbefalede ligsyn ved læge og birkedommer kunne finde sted, inden man lagde hende i kiste.

Dagen efter at hun var blevet fundet, indtraf da doktor Lafont på Lindenborg, ledsaget af baroniets birkedommer, Henning Peitersen fra Fjelleradgaard. Grabhorn, Lisken samt manden, der havde fundet Ann Sofis lig, blev taget i forhør, og navnlig Liskens udførlige forklaring gav dem jo en tydelig opfattelse af, hvad der var sket. De afgav sluttelig den kendelse, at her forelå enten et ulykkestilfælde eller en handling i sindsforvirret tilstand, men ikke noget selvmord; - der var altså intet i vejen for, at den afdøde kunne begraves med de sædvanlige kirkelige ceremonier.

”Men nu karlene!” sagde doktor Lafont til Lisken, ”de må jo efter din forklaring have fået nogle fæle skrammer, - det er vist ikke spøg at komme under din behandling! - er det ikke bedst, jeg ser lidt på dem?”

”Nej, såmænd skal doktoren ej,” svarede hun, ”de slampere har fået det, de har godt af; jeg har givet dem nogle klude at svøbe om sig; det kan vel være nok for sådan nogle beskidte asener!”

”Ja, du har ret,” sagde doktoren, ”overalt, du er en brillant pige!”

Doktoren og birkedommeren blev på Lindenborg og spiste til aften; men stemningen var trykket, - begge de fremmede vidste jo nok, hvad der lå bag ved det skete, og navnlig birkedommerens holdning var yderst kold, afvisende og misbilligende. Også den ellers så livlige læge var fåmælt og forstemt, - selv denne skeptiske og blaserede voltairianer var rystet ved at se, hvad her var gået til grunde, og tænke på, hvad her var lagt øde. Det pinte Grabhorn usigeligt at møde hans mørke, næsten foragtfulde blik. Liskens gode mad, - Fjellerad kogekone var hendes forbillede - blev denne dag ikke skattet efter fortjeneste; hurtigst mulig efter bordet forlangte doktoren sin skejse forspændt og tog bort sammen med birkedommeren.

Dagen efter måtte Grabhorn ride til Gerding for at tale med sognepræsten provst Mørch angående Ann Sofis begravelse, - en pinlig tur, men nødvendig. Hans vej førte over den såkaldte Feriodmark, og dernæst gennem Haals og over Haals Bro.

Oprindelig havde Lindenborg Hovedgård intet tilliggende haft nord for åen, hvor man jo var i et andet sogn og et andet herred, Gunderup Sogn, Fleskum Herred; men siden hen var en der liggende gård, som fra færgevæsenets tid bar navnet Færgeoddegården, blevet nedlagt, og dens mark, Feriodmarken, som man kaldte den, lagt ind under hovedgården. Tværs hen over denne gik vejen til den store landsby Haals, der lå på en slags terrasse på det mægtige bakkelands sydskråning ned mod Lindenborg Ådal og sammen med den lige overfor på åens sydside liggende by Horsens udgjorde baroniets nærmeste og værdifuldeste bøndergods. Midt i den tæt sammenbyggede by på gadens nordside lå den allerede i Danneskiol-Samsøernes tid oprettede skole.

Skoleholderen Peder Pedersens kone stod i døren, da Grabhorn red forbi.

Maren Andersdatter, almindelig kaldet Maren Skolekone eller Skole-Maren, var en lille trind bondekone, net og velklædt efter sin stand; men i forbavsende modsætning til hendes jævne ydre skikkelse og ordinære ansigtstræk stod hendes overspændte sind. Hun var hvad man på jysk betegner som "owwedrøw-wen", hendes sjæleliv var hid-

set op til bristefærdig højspænding, hun bevægede sig
åndelig talt på de yderligste linjer. Havde hun levet hund-
rede eller to hundrede år tidligere, med Reformationens
hæslige djævletanker på nært hold, var hun formodentlig
blevet en overbevist heks, nu var hun, med den pietistiske
vækkelse som baggrund, blevet en religiøs sværmerske,
som troede at modtage direkte åbenbaringer fra Frelseren
og mente fra ham at have fået myndighed til at bringe
dem videre. De pietistiske præster i egnen turde ikke, - og
kunne vel efter deres forudsætninger heller ikke træde op
mod hende og benægte hendes påstande. Hun forkyndte jo
kun i djærvere form det samme, som de hver søndag stod
og prædikede i kirkerne. Af almuen i Haals og omegn
blev hun betragtet med den ejendommelige blanding af
ærbødighed, skamfuldhed og medynk, som bondebefolk-
ningen altid føler ved at møde det "overdrevne".

"Stands, unge mand!" råbte hun, da hun så godsforval-
teren, "stands for Herrens ord, hør Frelserens budskab!"

Grabhorn, som naturligvis nok havde hørt tale om den-
ne underlige fremtoning, men aldrig havde mødt hende
personlig, studsede ved dette råb og lod uvilkårlig sin hest
standse, hvad han for øvrigt senere fortrød; thi nu begynd-
te konen i prædiketone at forkynde:

"A så i nat min søde Frelser! - klædet om hans læn-
desår, o, den dyrebare vunde! det var gledet ned, blodet
flusede ud, han stod i sit blod. Hans arme var udrakte,
med den højre nådige hånd vinkede han de frelste til sig,
bloddråberne fra naglegabet faldt dulmende og lægende
ned over dem. Hvor disse søde dråber faldt, blev alt tvæt-
tet hvidt som vasket uld. Men venstre hånd rakte han ud
mod de fordømtes skare, - ve og vok! han rystede hånden
med vrede, så bloddråberne stænkede som regn over dem,
plettede dem røde, sved dem som ild. Sådan så A ham i
nat, og nu ser A ham sådan igen, A ser ham, A ser ham!
Han står for dig, han stænker med forbandelsens venstre

hånd sit blod imod dig - ikke at det skal tvætte dig! nej, det skal brænde dig, hver dråbe skal ramme dig, hver dråbe skal minde dig, hvor har du gjort af Ann Sofi, hvor har du gjort af Søren og Selgen, hvor har du gjort af din herres gods, du utro husfoged?"

Modsætningen mellem konens ro og hendes profetagtige tale var i begyndelsen mærkværdig; men efterhånden rev ordene hende med sig, hun begyndte at fægte med en pilegren, som hun stod med i hånden, hendes tone blev hastigere, højere og skrigende, hendes tale mere og mere uordnet og uoverlagt. Tilfældige associationer bragte hende ud af hendes oprindelige bane, ved ordet husfoged førtes hun over til at tale om herskabet:

"Den store baron! hvad gør han? han skraber og samler, puger og ågrer, skovler til dynge, tærer vor kraft, suger vort blod, ve over de store, ve over de fine!"

De tilstrømmende mennesker, som efterhånden dannede en stor klynge, havde med nogenlunde ro, og vel ikke uden en vis skadefryd, hørt på Maren, så længe hendes fordømmelse gjaldt forvalteren, men da hun begyndte at drage baronen ind i sin dommedagsprædiken, forfærdedes de og mumlede: "Maren, Maren, pas på hvad du siger!" Adskillige luskede bort for bagefter at kunne sige, at de intet havde hørt. Skoleholderen kom nu heldigvis til og trak af med den efterhånden helt udmattede, næsten bevidstløse kvinde.

Grabhorn fortsatte sit ridt, almuen gloede ondskabsfuldt, men tilfredsstillet på ham, da han red bort; han havde fået det han havde haft godt af længe! Men det var ikke så meget den gale kones ord som befolkningens næsten åbenlyse foragt, der sved ham i sjælen og fik ham til med bøjet hoved at ride over Haals Bro.

14

Præsteslægten Mørch i Gerding og Blenstrup sognekald dannede et af de små gejstlige dynastier, som i de første århundreder efter Reformationen var så almindelige i den dansk-norske kirke. Det hed sig, at familiens stamfader oprindelig havde været munk, men var gået over til den ny lære og havde været den første lutherske sognepræst i Gerding, og hans efterkommere havde så siden den tid uafbrudt beklædt embedet, søn efter fader. Dette lod sig vel ikke bevise, men sikkert var det i hvert fald, at slægten - takket være den private kaldsret, som jo her udøvedes af Lindenborgs besiddere - med en ganske kort afbrydelse havde været indehavere af sognekaldet i snart 200 år. Hr. Jens Mørch den yngre havde i sin tid haft en høj stjerne hos Friherreinden og var blevet efterfulgt af sin søn, der var præst i 54 år og provst i 46, og nu sad dennes søn, hr. Otto Himmelstrup Mørch, i faderens dobbelte embede som sognepræst for Gerding og Blenstrup menigheder og som provst i Hellum Herred.

Overalt hvor Grabhorn red frem på sin vej til Gerding, var forårsarbejdet i fuld gang; der kørtes gødning ud, pløjedes, harvedes og såedes. Skønt både heste og mandskab var så matte, at de dinglede, var alt sat ind på at få såningen hurtigt udført, så kornet kunne få gavn af det velsignede forårsvejr, som pludselig nu omkring majdag var brudt frem efter den lange, strenge vinter.

Også i Gerding Præstegård havde man travlt, og allerede på afstand kunne man mærke, hvad der bestiltes: den midt på gårdspladsen værende mødding, som vinteren over havde ligget i dvale og døsig ruget over sit indhold, havde på én gang af harme over, at man stak i den med grebe, begyndt ondskabsfuldt at stinke alle sine giftige

dunster fra sig. Det rev i uvante folks næser, og Grabhorn
skuttede sig, da han i gårdsleddet måtte vige til side for et
svingende fuldt læs gødning, som kørtes i marken. Inde i
selve møddingsstedet stod to karle og læssede med deres
klodsede trægrebe en imellem dem stående vogn, og oppe
foran den lidt højere liggende råling stod provst Mørch
selv og så med velbehag på sine folks arbejde.

Trods sin elendige sindsstemning kunne Grabhorn ved
synet af provsten ikke lade være med at tænke på kong
Nebukadnezars forunderlige drømmebillede, som i hans
drengeår havde gjort et mægtigt indtryk på hans fantasi, -
billedstøtten, som foroven var kostbar og herlig, men på
sørgelig vis blev ringere og ringere nedad: hovedet af
guld, brystet af sølv, underlivet af kobber, benene af jern,
og fødderne - ynkelig nok! - dels af jern og dels af ler.
Hvordan kunne den holde? Ja, men det kunne den jo hel-
ler ikke!

På hovedet bar provsten en mægtig paryk fra Holberg-
tiden, på hvis kunstfærdig buklede bølger der ligesom flød
en bred, fladbundet baret. Også pibekraven var impone-
rende ved sin størrelse, men trængte desværre stærkt både
til vask og stivelse. Præstekjolen var flaskegrøn af ælde
og slid og poigneterne ved håndleddene yderlig snavsede.
Da kjolen meget praktisk kun nåede til knæene, så man
under dens kant benene i grove, sorte uldstrømper og fød-
derne i et par svære træsko. Når provsten, trods denne
noget skødesløse dagligdragt, dog ikke manglede en vis
anselighed, skyldtes det dels hans store, kraftigt farvede,
typiske prælatansigt, dels den fordelagtige position, hvori
han havde anbragt sig: stående oppe på den stensatte ram-
pe med en favnelang, sølvknappet stok ved sin højre side.
Hans hånd fattede om den omtrent en halv alen under
dens knap og hvilede i en læderøl, der var bundet igennem
et hul i stokken. Det vrimlede af børn omkring provsten,
hvilket ikke var noget under, da han og hans hustru, Chri-

stine Augusta Hvas fra Tulsted, efter gammel luthersk præsteskik havde sat ikke mindre end 14 børn ind i tilværelsen. Så snart Grabhorn holdt stille, begyndte de også at sværme omkring hans hest, ja løb ind imellem benene på den, så han var alvorlig bange for, at den skulle slå ud og gøre et par stykker af dem fortræd. Mere fordi provsten så hans nervøsitet, end fordi han selv ængstedes for børnene, kostede han dem bort med en håndbevægelse og et kort kommandoord, hvorpå han bød forvalteren indenfor. Grabhorn bandt hesten ved et af træerne foran huset og trådte ind. Rålingen i Gerding Præstegård var bygget af provstens bedstefader og var et meget langt, men ualmindelig smalt bindingsværkshus, så smalt, at alle stuerne optog hele husets bredde. Allerede før man var kommet til sæde, begyndte hr. Otto:

”Åh ja, hr. forvalter! hvor bedrøveligt! Vi har jo alle sammen kendt Ann Sofi så godt fra den tid, hun tjente her i præstegården hos min gamle fader, og så skulle det gå hende så sørgeligt! Men hvad haver ikke Djævelen at bestille! Han går omkring som en brølende løve, søgende hvem han kan opsluge!”

Grabhorn sad foran provsten, nervøst ventende på en dommedagstale af lignende art som den, han havde måttet høre i Haals; men den udeblev aldeles. Ikke engang en hentydning røbede, at hr. Otto satte forvalteren i nogen som helst forbindelse med den døde piges skæbne, og det var ikke fordi forholdene var ham ubekendt, tværtimod var man naturligvis i præstegården som overalt på egnen fuldkommen indviet i alt, hvad der var gået forud for Ann Sofis sindssyge og død, og milde var de domme ikke, som blev fældede over denne fremmede mand, som for folks øjne fornemt skred hen over en ødelagt menneskeskæbne.

Nej, grunden til hr. Ottos tavshed var ikke ukendskab til forholdene, men noget helt andet. Under præsteslægtens ældgamle klientforhold til Lindenborg havde der

dannet sig den tradition, som var blevet en uskreven lov
for alle Mørch'er, at ved herskabet, ved slottet, ja endog
ved dets funktionærer måtte der ikke røres. De hørte lige-
som en anden verden til, hævet over det plan, på hvilket
en sognepræsts revsende gerning frygtløst burde øves.
Ikke, at disse mennesker var dadelfri, det var de som be-
kendt ikke! men det tilkom kun ikke Mørch'erne at ud-
slynge denne dadel; det var ikke dertil søn efter fader nu
igennem så mange led var blevet kaldet af det nådige her-
skab, som kunne føre mange forskellige navne: Daae,
Lindenow, Gyldenløve, Danneskiold, Moltke, Schim-
melmann, men dog altid og under alle forhold var herska-
bet!

Efter at de fornødne praktiske aftaler om Ann Sofis
begravelse var truffet, tog Grabhorn afsked. Han ønskede
forståeligt nok ikke at passere Haals på hjemvejen, men
valgte vejen over Øxenvad Mølle og Horsens Landsby.

En mild majdag med blød og frugtbar forårsregn blev
Ann Sofis fattige kiste sænket ned i Blenstrup Kirkegård.
Hun blev begravet ved kirkens sydside, lige ved muren af
det kapel, hvor sarkofagerne, der rummede Lindenborgs
gamle ejere, var opstillede. Kun en afstand på nogle få
alen skilte imellem Ann Sofis grav og Friherreindens kiste
derinde i kapellet; var den døde pige virkelig den høje
frues barnebarnsbarn, så var de nu samlet, som frænder og
frænker trods år og trods kår bør samles til sidst.

Medens Grabhorn, skriveren Jens Mortensen samt nog-
le få slægtninge af Ann Sofi stod omkring graven i den
sivende regn, holdt provsten hr. Otto en kort tale, hvor
han uddybede den tanke, han allerede havde fremsat un-
der Grabhorns besøg i præstegården: at det var Djævelen,
som her var den skyldige. Frygt hellere for ham, som kan
fordærve både sjæl og legeme i Helvede!

Efter jordpåkastelsen stod Grabhorn endnu en lille stund og så ned i graven; han så de lyse regndråber stå som streger imod de sorte jordvægge, han hørte det faldende vand slå mod kistelåget med en underlig hulkende lyd. Alt græd over Ann Sofi. Ak, dette var den strengeste time i hans liv!

Provstens tale havde intet haft at sige til ham. Han var født i en tid og præget af et århundrede, der ikke kunne bruge djævleforestillingen som led i sin livsforståelse; non est seculi nostri - det stemmer ikke med vort århundredes opfattelse! - så meget latin kunne han endnu huske fra undervisningstimerne i Bockhorn Præstegård. Og det tilfredsstillede ikke hans moralske følelse at skyde et fabelvæsen ind imellem sig selv og ansvaret. Selv havde han læsset dette på sig, og selv måtte han bære det.

Men i disse dage blev han en brudt mand. Han havde sidste efterår stået ovre i Feriodmarken, hvor der dyrkedes hør, og set folkene udføre de mange omstændelige processer, der hørte til ved hørrens bearbejdelse; han huskede den knasende lyd, når stænglerne, som var gennemtørrede over ildgraven, blev sønderbrudte i hørbryderen, - mange brud for hver gang bryderens arm førtes ned over lokken. Sådan var han kommet i den store hørbryder, sådan blev nu hans verdslighed, hans ungdommelige overmod brudt led for led. Og han lærte at forstå ordet: Ingen af os lever sig selv; han begyndte at kunne se livets væv, ikke det store tøjstykke, som var spændt ud på væven, broget, stærktfarvet, strammet ud for de levendes betragtning, indtil det rulledes op om historiens vævebom, - o, nej, det var ikke det, han så på nu længere, - det var de enkelte tråde i vævet, han nu kunne skimte; han begyndte at kunne se skyttelen, hvor flittig den smutter frem og tilbage, altid med trådhalen efter sig, hvordan den fletter og hægter det hele sammen. Hvor stor vævningen end bliver, den er dog altid flettet sammen af enkelte tråde som livet af små fattige menneskeskæbner. Han huskede den unge Arenstorffs ord fra gildet på Lindenborg: "Det har vi ikke råd til," og nu forstod han det dybere end det var ment, da det blev sagt. Nej, vi har ikke råd til at spille om menneskeskæbner.

15

En morgen i maj måned kom kammerjunker Buchwald ridende til Lindenborg. Det var meget tidlig på dagen og et vidunderlig skønt vejr; rester af nattetågen flød endnu som små totter hvid uld hen over åløbet, men holdt sig ikke længe mod den stigende sol, som tronede på en fuldstændig skyfri himmel. Fra oven dryssede lærkesang ned over rytteren; men i kær og enge regerede og tumlede viberne skrigende i ustandselig uro og kiv. Skønt kammerjunkeren havde nok at tænke på og var ude i et alvorligt ærinde, tog den henrivende morgen dog efterhånden magten over ham, - han løftede sit kække, fregnede ansigt op mod himmel og sol, lyttede til fuglene, så anerkendende på vibernes elegante sving, og nynnede tankeløst ud i morgenluften. Hans nynnen gik lidt efter lidt over til sang, skønt han ikke havde megen sangstemme i livet; da han red forbi Lindenborg Kro, hørte kromanden, som stod og gjorde morgentoilette ved gavlen, ham synge af fuld hals:

> "I går aftes var Fedderi-Mikkel her,
> Fedderi-Mikkel var her i går . . ."

"Det kan nok være," tænkte kromanden, "kammerjunkeren er ellers i humør i dag."

Men kammerjunkeren var ikke i humør.

Da han kom ind i borggården, stod Lisken på flisen foran indgangsdøren til forvalterboligen og tog imod ham. Hun var blevet stadset en hel del op, siden hun var blevet husholderske; ren og pæn, vasket og redt stod hun i en blå lærredsdragt med et bredt, brunt læderbælte om livet. Ved den ene hofte bar bæltet en krog, hvori hendes store nøgleknippe hang. Med sit svære, fremskudte bryst, med de sorte fletninger strammede ned om det dristige, benede ansigt, og med sin ranke holdning, var hun unægtelig en stovt skikkelse, om end ikke nogen skønhed.

"Ja, Herregud, bette Lisken!" sagde kammerjunkeren, da han holdt for døren, "der står du nu på flisen og tager imod mig, som Ann Sofi har gjort så mangen god gang. Du er en god pige, det ved jeg nok; men du må ikke tage mig det ilde op, når jeg siger, at jeg hellere ville have haft Ann Sofi til at tage imod mig end dig!"

Liskens hårde træk mildnedes; hun begyndte at græde.

"Ja, ja, min pige; det er sørgeligt, som det er gået til herovre; men hvad hjælper det, vi snakker og vi græder. Tør dine øjne, bette Lisken, og bliv ved at være den, du er. Jeg ved godt, at de siger, at der sidder en beskidt mund på dig; men du er alligevel god nok som du er! . . . Men for at snakke om mit ærinde: har du forvalteren hjemme?"

Lisken svarede, at han endnu ikke var stået op; men nu skulle hun kalde på ham. Buchwald sprang af hesten, overlod den til staldkarlen og begav sig ned i haven, hvor han spadserede frem og tilbage, medens Grabhorn stod op og klædte sig på.

Buchwald, som netop var hjemkommet fra en rejse til København, hvor han blandt meget andet havde aflagt en visit hos baron Schimmelmann og desuden haft en samtale med justitsråd Gondolatzsch, var stærkt opskræmt med hensyn til Grabhorns skæbne. Han havde ovre hos herskabet fået følelsen af, at han stod for fald, og hensigten med hans besøg på Lindenborg denne morgenstund var, at han ville tale et alvorsord med Grabhorn og gøre et sidste forsøg på at mande ham op, så han virkelig kunne blive værdig til at beholde pladsen.

Da Grabhorn kom til syne, blev vennen forfærdet over hans udseende; bleg og indfalden, hærget og forgræmmet var han blevet i den ganske korte tid, der var gået, siden de var sammen ved fødselsdagsgildet. Desuden var der over forvalterens holdning og i hans stemme kommet et præg af slaphed og selvopgivelse, som i høj grad mishagede Buchwald. Han lod dog foreløbig som intet; de to venner indtog en morgendrik, hvorpå Buchwald foreslog Grabhorn, at de skulle ride en tur, først over til Gudumlund og spise formiddagsmellemmad, og derfra måske længere omkring. Det er ikke sikkert, at du ser forvalteren igen før sildig aften, sagde Buchwald til Lisken, da de red af gårde. Da de var kommet ud på landevejen, tog han straks fat på sagen:

"Jeg tog herover i dag for at få en udførlig samtale med dig, og jeg har flere gange mærket, at man taler bedst og friest sammen ude i naturen, f. eks. når man som nu rider side om side. Jeg vil i forvejen sige, at det er alvorlige ting, vi skal drøfte, og jeg kommer vel til at sige en hel del, som vil støde dig; men det får ikke hjælpe. Jeg skal ikke komme dybere ind på det med Ann Sofi, men der har du jo nok en stor skyld; jeg syntes, hun var den sødeste og den yndigste pige, der gik på sin fod inden for Himmerlands fire vande. Havde du ikke haft hende, tror jeg, at jeg selv havde taget hende."

"Og så havde du behandlet hende, akkurat som jeg gjorde."

"Det tænker jeg ikke, jeg havde!"

"Du vil måske bilde mig ind, at du ville have giftet dig med hende! Jeg kunne nok lide at se din fru moders ansigt, når du kom og præsenterede hende på Gudumlund som din tilkommende hustru!"

Hertil tav Buchwald. Men kort efter fortsatte han:

"Nå, lad os ikke tale mere om det; den slags ting skal man ikke drøfte, selv med sine bedste venner. Jeg har heller aldrig berørt det i Ann Sofis levetid, skønt jeg godt vidste, hvordan det var fat med jer; - men nu er der andre ting at tale om! Det er din stilling og hele din fremtid, det drejer sig om. Jeg tror ikke, der nogensinde er slæbt en værre Satan herop fra Holsten end Detlef Bock; - det er ham, du først og fremmest kan takke for skatmesterens dårlige mening om dig. Men nogen skyld har du også selv! Du har været alt for efterladende med dine indberetninger nu i vinter både om kvægsygdommen og al den anden elendighed, vi har lidt under, - det beklagede skatmesteren og Gondolatzsch sig særlig over, og jeg synes ikke uden grund! Og så dine kasseekstrakter. . . de er heller ikke kommet til tiden; det er da vel ikke galt med indbetalingerne på Amtstuen? for så ser jeg ingen redning for dig. Du kan tro, amtsforvalteren er ikke din ven siden historien med karlen, du satte i hullet. Hvad var det også for en gal idé? Man skulle tro, du var fra Trediveårskrigens tid eller fra Grevens Fejde. Jeg hørte forleden år, da jeg var i Holsten, et lille vers, som bønderne på godset Schierensee har lavet om deres herre, Caspar von Saldern; det lyder sådan . . ."

"Saldern?" afbrød Grabhorn ham i en spørgende tone.

"Ja, du kender da nok den berømte holsten-gottorpske minister, ham der gennemførte den store byttehandel, hvorved vi får Holsten-Gottorp og skal afstå dit kære fødeland Oldenburg til Rusland; - du bliver en russer, bette Grabhorn, inden vi ser os om! Nå, men verset lyder sådan:

Herr Caspar von Sallern
kann bullern un ballern
un is doch en goden Mann.

Hvad betyder nu det? Jo, meningen er, at Saldern til dagligbrug fører et strengt regimente på Schierensee og kører bønderne stramt; men så øver han engang imellem en stor, smuk og god gerning, så folkene forstår, at han inderst inde holder af dem og kun vil deres vel. Du derimod og mange danske godsejere omgås til daglig deres bønder på en barnagtig, nedladende, påtaget venlig måde, og så kommer der engang imellem en hård og glubsk handling fra jer, som giver bønderne det indtryk, at herskabet i virkeligheden kun regner dem for slaver eller forbrydere. På den første måde bliver bønderne opdragne, på den anden måde bliver de ødelagte! . . . Hvordan gik det for resten med de to slubberter i hundehullet?"

"De er sluppet løs; der kom ordre fra København; Bock havde naturligvis meldt det."

"Ja, er det ikke det, jeg altid har sagt: Bock er en dæwl af de værste! Her havde du nu lavet noget, som jo var lige i hans stil; men da han indser, at det kan bruges imod dig, bliver han på en gang de svages ædle beskytter. Bock som bondeven! . . . ja, nu må jeg le!"

Efter en kort afbrydelse fortsatte Buchwald med en af sine vante hurtige overgange, nu i dyb alvor:

"Men som jeg sagde før: Stillingen er forfærdelig farlig! Du hænger rent ud sagt i et hår, det var let at mærke derovre på kontoret i København. Jeg gjorde hvad jeg kunne for at dæmpe deres vrede og mistanke, ... dog med mådehold, for at de ikke skulle finde det hele alt for tydeligt og opfatte det, jeg sagde, som spilfægteri for at redde en god ven; men alt det forslår lidt, hvis du ikke selv gør noget for at redde dig ud af klemmen og gør et alvorligt forsøg på at genvinde baronens tillid, - og du ved meget godt, hvordan det kan ske: hvis han ser et håndgribeligt bevis på, at du virker for hans interesser, hvis han kan mærke, at du går op med liv og sjæl i den bestræbelse at gavne ham, så tilgiver han meget! Jeg har nu fået en idé og udtænkt en måde, hvorpå du måske kan gøre ham en stor tjeneste og derved på ny komme i nåde hos Farao ...”

Grabhorn sagde i den trætte og slappe tone, som Buchwald ikke kunne fordrage:

”Du skal ikke have så stor ulejlighed for min skyld; jeg kan ikke reddes og er vel også knap nok værd at redde!”

Buchwald red nær hen til ham, slog ham på skulderen og sagde:

”Men er du da rigtig klog, mand! Til dig kan man med rette sige, som der står i visen: Hej, Fedderi-Mikkel, men er du da sær? Op med hovedet! Frisk mod, Antonius! Ja du hedder jo Anton! Hør nu min plan: der er ingen ting, som baronen for tiden er mere opsat på, end om han kan komme til handel med Peder Thøgersen Lassen om Dokkedal By, som han vil have lagt til Vildmosegaard. Uden hoveri af Dokkedals mænd er Vildmosegaard jo i virkeligheden ikke til at drive. Nu tager vi til Høstemark, og du prøver at få et godt salgstilbud af gamle Peder Thøgersen; får du så det, sender du det over til baronen som noget, du af dig selv har fundet på og fremskaffet. Det, kan du tro, vil vække behag! Endvidere rider vi ud på Vildmosen, hilser på Carsten Rehders og ser på hans bedrift. En udførlig beretning om forholdene derude sender du også til København; det vidner igen om din interesse, og jeg ved, at både baronen og Gondolatzsch har undret sig over, at de aldrig hørte fra dig om den slags ting.”

Det blev så programmet for dagen.

16

Opholdet på Gudumlund skulle jo efter bestemmelsen kun være ganske kort. Man spiste derfor i al hast den omtalte mellemmad; men så syntes Grabhorn ikke, at han kunne besøge gården uden at gøre sin opvartning hos majorinden, lod sig derfor melde hos hende og blev straks modtaget.

Efter at den energiske søn havde fritaget den gamle dame for alt besvær med gård og gods, havde hun mere og mere isoleret sig og levede nu kun for sine religiøse øvelser og for minderne om sit fjerne hjemland. Ind i hendes stille bedekammer trængte ingen lyd fra omverdenens kamp og nød. Hun syntes således ganske uvidende om, hvad der var overgået Grabhorn og anede i virkeligheden ikke noget om hans nuværende kritiske situation, men modtog ham som sædvanlig meget nådig; hun havde altid i ham fundet en charmerende person, dobbelt at beundre, da han nok skulle være af ganske lav ekstraktion; man måtte virkelig lykønske den kære excellence, at han havde været så heldig i valget af sin godsforvalter, og hun var på sin søns vegne glad over, at han havde fået en så net og kultiveret omgangsfælle. Da majorinden hørte, at de to unge mænd skulle ud på en længere tur i forretningsanliggender, sagde hun med artighed: ”Så vil jeg ikke opholde Dem, min hr. forvalter! Gud befalet!”

Peder Thøgersen Lassens to hovedgårde, Høstemark og Egense Kloster, samt det dertil hørende gods, Mou Sogns tre landsbyer, Mou, Egense og Dokkedal, udfyldte hele Himmerlands nordøsthjørne imellem Limfjorden og Kattegat. Egnen herude var gammelt kirke- og klostergods, hvorom jo Egense Klosters navn endnu vidnede; det var altså efter Reformationen kommet til kronen og var lagt under Aalborghus Len, men blev efter Enevældens indførelse solgt til borgerlige embedsmænd. En af disse havde i slutningen af 1600'rne bygget Høstemark. Gården, som altså aldrig havde været nogen adelig borg, bestod af en hovedfløj med en lille frontispice og to små sidefløje, alt ganske beskedent, men hyggeligt og velholdt.

De to venner blev meget gæstfrit modtaget af seigneur Lassen, som forestillede dem for sin hustru, Margrethe Grotum Werchmester, og sin ældste datter, Hedevig Lassen, en yndig ung pige, som var forlovet og om kort tid skulle have bryllup med den unge Arenstorff på Visborggaard. De to gæster blev indbudt til at spise til middag i al tarvelighed, og efter bordet fik Grabhorn lejlighed til en privat samtale med godsejeren om den påtænkte handel, medens Buchwald underholdt damerne.

Tidlig på eftermiddagen tog de afsked og red videre til Dokkedal. Vejen førte dem igennem et hjørne af Høstemark Skov; - men hvor forunderligt en skov var det ikke! Bestanden var væsentlig el og birk, og alle træerne var åbenbart syge og vantrevne på grund af den sure bund. Forkrøblede, troldeagtigt forvredne, mosgroede, halv udgåede så de ud som en flok oldinge, som kæmper den sidste kamp, ikke for vækst og trivsel, men blot for det nøgne liv. Men under denne triste træbestand myldrede en vegetation frem med urskovsagtig frodighed: hindbær, nælder, bregner, som i sommerens løb ville nå mandshøjde, og som allerede nu gjorde skoven ganske uigennemtrængelig. Masser af myg gjorde opholdet herinde utåleligt både for mennesker og heste, hvorfor rytterne satte farten op det mest mulige. Så snart de var kommet ud af skoven, spurgte Buchwald nysgerrig: "Nå, hvordan var så vor vært sindet? Vil han sælge?"

"Ja, det lod det til; hellere end gerne! Han begyndte straks at remse op: Knarmou, 2 gårde med tilsammen 3 tdr. og 6 skp. hartkorn, Dokkedal, 12 gårde med hver 2 tdr., - samt 26 stykker ungt mandskab . . ."

"Stykker!" udbrød Buchwald, "sagde han stykker?"

"Ja, han sagde ordret: så og så mange stykker ungt mandskab."

"Jeg kan for min død ikke fordrage det udtryk," sagde kammerjunkeren, "man skulle tro, at det var kreaturer og ikke mennesker, det drejede sig om. Men hvad ville så den gamle slavehandler have for alt det?"

"Han forlanger for det første, at baroniet skal afstå ham Mou Kirke med alle herligheder, dernæst betale ham 9.000 daler kurant, - og nu kommer det fine ved det: han forlanger, at baronen skal udvirke, at han bliver udnævnt til justitsråd, hvilket, som han sagde, jo ville være en lille ting for en så stor mand at sætte igennem!"

"Av," udbrød Buchwald, "det var ikke så godt! For det første er selve prisen, han forlanger, alt for høj, og for det andet kan du umulig foreslå baronen det punkt med justitsrådstitelen. Med det kendskab, vi har til excellencens tænkemåde, ved vi, at han vil opfatte det som en blodig fornærmelse. Desuden kan han jo slet ikke gennemføre det, selv om han ville, i disse tider! - Ak, her brast det håb! - men lad os nu alligevel ride videre, og først vil vi op på Dokkedals Bjerge og se udsigten. Glæden over naturen kan da Gud ske lov ingen tage fra os."

Ikke uden besvær styrede de deres heste op på den højeste bakketop, holdt deroppe og nød udsigten, - enestående, storslået, ulig alt andet i vort land. Mod øst havet, lige under bakkens fod, skiftende i farvetoner efter den stigende dybde, mørkere og mørkere udad, hvor det yderst ude lå sydlandsk blåt under sommerhimlen. Øjet fulgte med behag den fint buede, hulede strandlinje fra Hou oppe i Kjær Herred til Fornæs nede på halvøen Djursland. Mod vest den brune mose som en kæmpemæssig måtte, der var lagt her foran Himmerlands dørtærskel. De 4 udtørrede søer lå som grønne blade, tabt på måtten. Mod nord Høstemark Skov, som de lige havde forladt; men mod syd, hvor det faste land skød sig forbjergagtig ud i mosen ved Toft, sås høje, slanke bøge tegne sig mod himlen. Denne egn sydøst for mosen, og navnlig skoven ved Toft, hørte fra ældgammel tid til Gudumlund, og Buchwald fortalte, hvorledes han om vinteren lod skove brænde derude og førte det på slæde over den tilfrosne mose.

Ved den store hovedkanal, gennem hvilken vandet fra de 4 søer for få år siden var blevet udtappet, drejede de mod vest ind over mosen, idet de fulgte den langs Kanalen anlagte, endnu primitive vej. Et lille stykke inde stod der et par små huse imellem vejen og Kanalen, en råling og et beskedent udhus. Det var Adamshof, den første menneskebolig herude, opført af Peder Beftoft, som havde udtørret søerne, og opkaldt efter grev Adam Gottlob Moltke. Da Beftoft blev syg og snart derefter døde, blev huset bortforpagtet til en mand, der skulle fortsætte den af ham begyndte mosekultur.

Buchwald lod sin hest standse uden for Adamshof, blottede sit hoved, holdt således nogen tid i tavshed og udbrød derpå med en patos, som, netop fordi den var så sjælden hos denne mand, virkede meget stærkt:

”Jeg blotter mit hoved til ære for Peder Beftofts minde! Han var den første mand siden skabelsens dag, som lagde hånd på den vilde mose. Han er min læremester og mit store forbillede. Jeg stod her ved hans hytte sammen med ham en sommerdag som nu, det sidste år han var her. Jeg var jo kun en stor dreng, men jeg forstod ham, og jeg glemmer ham aldrig. Han var udmagret og havde feber, så han rystede; men hans øjne skinnede, idet han så ud over mosen, der flimrede, gækkede og dårede, som den gør i dag. Og han sagde til mig i en hviskende tone: Kan den unge herre se, hvad der vokser derude? Åh nej, øjnene er vel for unge endnu; - men jeg kan se det! Jeg ser spidse kirketårne rage op af løvklynger; jeg ser brede gårde i store landsbyer; svingende kornlæs putter sig ind ad ladeportene; piger sidder på malkestolen med panden trykket ind mod køernes sider, og mælken dråser ned i spandene, lyshårede børn leger på gaderne, den ny slægt på den ny jord! Åh ja, Gud er så god, at han forud lader mig se det alt sammen, førend jeg dør, men min kære unge herre vil måske få noget af det at se i det virkelige liv.

Ja, sådan lød Peder Beftofts ord. Velsignet være hans minde!"

De to ledsagere red kort efter fra mosen ned i den udtørrede Møllesø, der som alt det andet indvundne areal nu var taget helt under kultur og viste en forbavsende frugtbarhed. Midt i den udtørrede sø havde baronen for 4 år siden ladet opføre en statelig hovedgård, Vildmosegaard, hvor Beftofts eftermand, holsteneren Carsten Rehders, bestyrede det store og indbringende landbrug.

Rehders, en lignende type som Detlef Bock, men af større godmodighed, indbød de to gæster til at dele hans tarvelige aftensmåltid, hvad de med tak tog imod, hvorpå de i aftenskumringen tiltrådte den lange hjemvej langs stranden og norden om mosen.

17

Midt i juni måned 1771 ankom over Kalundborg og Aarhus og med lejet befordring fra Hobro til Lindenborg landinspektør Eckermann, som skulle opmåle baroniet. Han var ledsaget af kontoristen Nis Andkier, som fra baronens hovedkontor i København medbragte en skrivelse, der bemyndigede ham til at foretage en kritisk revision af Grabhorns regnskaber og hele forretningsførelse. For den beskedne og fintfølende monsieur Nis var det en forfærdelig pinlig opgave at skulle stå således over for sin gamle kollega; men det lettedes for ham ved Grabhorns hele trætte og slappe holdning; uden at ytre nogen som helst fornærmelse eller blot forbavselse lod han det hele ske og lagde beredvilligt alt materialet frem for revisoren. Denne havde for øvrigt den glæde allerede ved den første raske gennemgang af regnskaberne at kunne fastslå, at der ikke forelå hverken besvigelse eller underslæb; men derimod var der vidnesbyrd nok om sløseri og efterladenhed, og for de sidste måneders vedkommende lå alt i uorden. Medens Grabhorn forholdt sig nærmest passiv, blev skriveren Jens Mortensen sat i strengt arbejde, og ved hans hjælp fik monsieur Nis, som var en overordentlig duelig kontormand, i løbet af et par uger det hele lagt overskueligt frem.

Eckermann og Andkier overbragte den meddelelse, at baronen omkring den første juli ville besøge Lindenborg, og alle fik nu travlt med at forberede hans modtagelse og sætte slottet i beboelig stand. I stor hast blev stueetagens østlige halvdel indrettet til baronens ophold, et soveværelse, et kontor og en salon blev nødtørftig møbleret, og til tjenerskabet blev der gjort værelser i stand på første sal. Det hele fik naturligvis et improviseret præg; men man trøstede sig med, at skatmesteren som den praktiske mand så mere på det nyttige end på det pyntelige.

Endelig oprandt den store dag, da den høje lensbesidder besøgte sit gods. Et helt vogntog var fra Lindenborg sendt til Aalborg for at afhente ham, først naturligvis den fineste skejse, man havde i vognremisen, til baronens eget brug, dernæst adskillige andre færredsvogne til følget og talrige bøndervogne, buddede til at køre bagagen.

Om det havde været selve profeten Elias, der i sin ild-vogn med ildheste for var kørt ud ad Hadsund Landevej, ville han næppe have kunnet vække større opsigt og hen-rykkelse blandt befolkningen i de ved vejen liggende landsbyer. Navnlig i Gunderup og Fjellerad, som jo hørte under baroniet, var alt, hvad der kunne krybe og gå, stim-let sammen for i ydmyghed og med håb at hylde deres jordiske forsyn.

Skatmesteren var, foruden af sit personlige tjenerskab, ledsaget af justitsråd Gondolatzsch. Straks efter ankom-sten til Lindenborg trak han sig tilbage til sine værelser, medens Gondolatzsch og Andkier begav sig over i skri-verstuen. Grabhorn sad og krøb sammen derovre; han rystede for Gondolatzsch, der foragtfuldt betragtede ham og ikke værdigede ham et ord udover det nødvendige. Også den følgende dag havde de travlt med gennemgang af regnskaberne.

Man så om formiddagen skatmesteren vandre en lille tur i haven, ledsaget at sin privatsekretær og en tjener, der bar en kappe og en transportabel stol, en slags feltstol, for det tilfælde, at han ville gøre ophold og nyde en eller an-den udsigt. I længere afstand sås Detlef Bock luske om-kring, afventende om herren mulig ville indlede en samta-le med ham, hvortil skatmesteren dog ikke fandt anled-ning.

Efter taflet lod han Gondolatzsch og Andkier få adgang til sig, hørte med tavs ro den førstnævntes beretning, hvoraf det fremgik, at man vel havde fundet sløseri, men ingen egentlig uærlighed, lyttede derpå med venlighed på de anerkendende ord, hvormed justitsråden omtalte Andkier, som i den korte tid havde bragt en fortrinlig orden i de forsømte regnskaber. Baronen henvendte nådig et par bemærkninger til den unge mand og sluttede med at sige: "Dem venter jeg troskab af!" - ord, der for Andkier blev uforglemmelige.

Baronen sad derefter nogen tid tavs ved sit skrivebord og så tankefuld frem for sig. Pludselig rettede han sig op i stolen, strakte fanen på sin gåsefjerspen ud imod Andkier og så vist på ham med sine skarpe, tørre øjne:

"Fra i dag er han min godsforvalter, - eller som jeg herefter vil kalde ham: min godsinspektør, her på baroniet. Hr. justitsråden vil forme og forelægge mig en instruks for ham og opsætte hans kontrakt."

Han ligesom viftede den overvældede Andkiers taksigelser fra sig med gåsefjeren og sagde med nogen følelse:

"Jeg stoler på ham; lad mig ikke blive skuffet!"

Da de to funktionærer også efter forretningernes afslutning blev stående, ligesom afventende, spurgte baronen: "Er der mere, mine herrer har på hjerte?" Tøvende sagde Gondolatzsch: "Grabhorn er her udenfor og ville gerne bede Deres Excellence om tilgivelse og ydmygest takke for den ufortjente nåde, som jeg efter Deres Excellences tilsagn har stillet ham i udsigt: at han skal anbringes på kontoret i Altona."

Baronen svarede i en kold tone: "Jeg vil ikke se ham, før han har bestået den prøve, jeg vil sætte ham på: at begynde anden gang forfra. Nej, jeg vil ikke se ham. I morgen kan godsinspektøren budde en vogn til at føre ham og hans sager til Randers. Derfra tager han med posten til Altona og melder sig på mit kontor. Udbetal ham fornødne rejsepenge. Justitsråd Gondolatzsch medgiver ham et brev til kontoret. Jeg har ikke mere at sige mine herrer i dag!"

Den følgende morgen ved 6-tiden holdt en ægtvogn i borggården på Lindenborg. Både mand og heste, som tidlig var blevet purret ud til den lange tur, så søvnige og modfaldne ud. På vognen læssedes en smule bagage; resten af Grabhorns ejendele måtte så senere sendes med skibslejlighed. Endelig kom han selv, frysende i den tågekolde sommermorgen og satte sig på agefjælen ved bondens side.

I forvalterboligens dør stod Lisken. Med det fremskudte, svære bryst, den stolte holdning og det hårde, benede ansigt omgivet af de stramme sorte fletninger, så hun ud som galionsfiguren på et skib. Følelsesløs stirrer den frem for sig med sine stive og kolde træøjne, ser også på sømanden, der er faldet udenbords og kæmper fortvivlet for sit liv. Muligvis bliver han reddet, muligvis ikke, - men træøjnene begræder ikke hans skæbne, ænser ikke hans ulykke.

"Tse, tse!" Ægtbonden satte hestene i bevægelse.

Og hermed kører forvalteren på Lindenborg, Johan Anton Grabhorn, ud af historien, - en slagen mand, i sin herres unåde, og dog benådet og skånet for det allerhårdeste.

Lille nåde er bedre end ingen nåde

Noter

Medens det ikke er min hensigt at give en nærmere udredning af forholdet imellem det historiske grundlag og det tildigtede i denne roman, har jeg derimod anset det for ønskeligt at hidsætte et begrænset antal noter, blandt andet også af hensyn til nogle sproglige enkeltheder, som kræver forklaring for læsere, der er ukyndige i jysk.

Side 8: Lindenborg var dengang et baroni; først 1779 blev besidderen, skatmester, gehejmeråd, baron H. C. Schimmelmann, ophøjet i grevestanden, og 1781 blev Lindenborg et lensgrevskab.

Side 18: Lindenborg Kro lå imellem broen og slottet; den blev nedlagt i 1800'erne.

Side 18: Polak: en blanding af mjød og brændevin, yndet drik blandt bønderne i gamle dage.

Side 22: Skejse - fransk: Chaise - let 2 personers kaleschevogn.

Side 24: 1 daler kurant eller kurantdaler: 3 kr. 20 øre.

Side 26: Norgesgade: nu Bredgade.

Side 36: Mien lütt Deern, - plattysk: min lille pige.

Side 38: Brevet autentisk, findes i Lindenborgs arkiv.

Side 46: Brevet findes i Lindenborgs arkiv; her oversat fra tysk.

Side 50: "De nedre byer": landsbyerne langs nordsiden af Randers Fjord, allerede da berømte for deres rigdom.

Side 55: Overalt: svarer ganske til vort: I det hele taget.

Side 56: Brevet findes i Lindenborgs arkiv; her oversat fra
tysk.

Side 57: Belisarius, kejser Justinianus' berømte feltherre,
blev 549 fjernet fra sin kommando; han var blevet bagtalt
hos kejseren.

Side 63: Brevet findes i Lindenborgs arkiv.

Side 69: Hollænder: mejerist og fodermester i én person.

Side 70: tho: svarer nærmest til: hvad! (som udråbsord).

Side 75: di fiin - de fine -. Bøndernes sædvanlige beteg-
nelse for de højere samfundsklasser.

Side 76: No æ mi bej fløwn: Nu er mine bier fløjet bort -
jysk talemåde, der betyder: Nu er alle mine forhåbninger
bristede, alt håb er ude.

Side 76-77: De to breve er pasticher, skrevet af forfatte-
ren.

Side 78: Dolhuus: Sindssygeanstalt.

Side 84: Høl - dybvandet sted i en å.

Side 93: Non est seculi nostri: Kejser Traianus' svar til
statholderen Plinius i anledning af et forhold, som kejse-
ren fandt inhumant.